Der gold

Die Spielerfrau 2

Von Claudia Krause

Bibliographische Informationen der Deutschen Nationalbibliothek: Die Deutsche Nationalbibliothek verzeichnet
diese Publikation in der Deutschen Nationalbibliographie;
detaillierte bibliographische Daten sind im Internet unter
dnb.dnb.de abrufbar

©2021Claudia Krause
Herstellung und Verlag: BoD- Books on Demand;
Norderstedt
ISBN: 9783752690842

Inhaltsverzeichnis

Der goldene Käfig

Der neue Bestseller

von Claudia Krause

Alltag

-J-

Ein halbes Jahr nach der Traumhochzeit hat uns der Alltag eingeholt. Ich bin vollends mit der Erziehung unserer vier Kinder beschäftigt und stelle mein eigenes ich immer mehr in den Hintergrund. Will hat William nahezu auf Eis gelegt, er trainiert wie ein Besessener, da es in der Liga nicht so läuft, so bleibt für die Kinder und für Zweisamkeit nichts übrig. Wenn ich ehrlich zu mir selber wäre, müsste ich zugeben, dass alles, was unsere Beziehung vor der Hochzeit ausgemacht hat, nahezu verschwindet. Wenn ich William darauf anspreche, weicht er aus oder vertröstet mich auf die Zeit nach den Länderspielen. Die anstehenden Spiele der Nationalmannschaft stellen einen weiteren Schritt zu Will dar. Dank Raphaela kommt keines der Kinder zu kurz, wobei die Größeren schon merken, das Etwas anders ist. Ich beschließe, mit den Kleinen zu meinen Eltern zu fahren und dort die Osterferien zu verbringen. Als ich William davon in Kenntnis setze, nickt er die Entscheidung nahezu unbeteiligt ab, was mich furchtbar wütend macht. Um einem Streit aus dem Weg zu gehen, entziehe ich mich der Situation und bereite das Mittagessen, während mein Mann im Wohnzimmer auf und ab tigert und nur darauf wartet, ins Training zu fahren.

Beim Essen ist die Situation doch eskaliert. Leon fragt seinen Vater, ob er mit uns zu Oma und Opa fährt, was dieser verneint. Unser Sohn sieht ihn entsetzt, aber mit Tränen in den Augen an, bevor es aus ihm herausbricht. „Dann fahren wir halt mit Mama alleine, wir brauchen dich nicht." Er stürzt sich in meine Arme und ich ziehe ihn aus dem Raum, bevor ich ihm erkläre, dass sein Papa es nicht böse meint. Danach packe ich die Koffer und versuche, meine Wut unter Kontrolle zu bekommen.

-W-

Das harte Training scheint sich doch auszuzahlen. Wir sind dem Tabellenführer dicht auf den Fersen. Ich zünde mir eine Zigarette an und denke an den Wutausbruch meines Sohnes. Ich würde gerne mit ihnen fahren, jedoch die Spiele der Nationalmannschaft, die ich zwar, während der Saison für unnütz halte, aber für meine Karriere wichtig sind, stehen an und Länderspiele lassen meist keine Zeit für Privates. Mir kommt Jessicas

Blick in den Sinn und muss mir eingestehen, dass unsere Beziehung etwas vermissen lässt. Jessica wirkt abends oft müde, aber sie beschwert sich nicht und ich, der Egoist, komme nicht auf die Idee, dass ich etwas ändern sollte. Es ist ja bequem, wenn man nach dem Training in eine funktionierende Familie kommt, die von einer toughen Frau zusammengehalten wird. Ich stehe an der Terrassentür und rauche, als ich Jess zurückkommen höre. Unfähig, sie anzusehen, wappne ich mich den Vorwürfen. Von ihr kommt nur ein leises „William" und ich drehe mich doch um.

-J-

„Ist es jetzt angekommen?", frage ich ihn, „oder brauchst du noch mehr?" Er zuckt zusammen, reagiert aber weiterhin nicht. „Du sonderst dich immer mehr von uns ab und wenn du zuhause bist, siehst du ständig auf die Uhr, als könntest du es nicht erwarten, von hier wegzukommen. Die Fortschritte der Zwillinge bekommst du nur über sms mit- wenn du die überhaupt liest. Ich dachte, wir wären wichtig für dich", meine Stimme bricht. Er sieht weiterhin in die andere Richtung, antwortet aber kurz darauf. Natürlich seid ihr wichtig für mich, doch meine Karriere..." „Na klar, die geht natürlich vor", presse ich hervor und wende mich ab. Autsch, das hat gesessen, aber mehr schmerzt es, dass er weiter regungslos stehen bleibt. Das Läuten seines Handys reißt ihn aus der Erstarrung und lässt mich innehalten. „Nein, ich fahre am Freitag mit meiner Familie zu meinen Schwiegereltern und stoße am Samstagabend zu euch. Darüber diskutiere ich nicht." Er dreht sich doch zu mir und meint: „Zufrieden?" Ich zucke mit den Schultern und verlasse den Raum. Abend liegen wir wie Fremde in unserem Ehebett und die Fahrt zu meinen Eltern verläuft in eisiger Stille. Mum sieht mich fragend an, doch ich schüttle den Kopf und sie fragt nicht nach.

-W-

Die Wut in den Augen meines Sohnes hat etwas in mir ausgelöst. Und Jessicas Worte haben mich getroffen. Toll gemacht, Will. Das ist neuer Rekord, in nur sechs Monaten hast du deine Beziehung an die Wand gefahren. Ich versuche, die Zeit, die mir bleibt mit den Kindern zu verbringen und sauge jeden Ansatz von Lächeln meiner Frau auf. Leider vergeht der Samstag zu schnell und als ich mich auf den Weg ins Hotel machen will, treten Leon erneut Tränen in die Augen. „Nicht weggehen Papa", fleht er und ich sende einen hilfesuchenden Blick in Richtung von Jess. „Wir besuchen Papa im Training", verspricht diese, doch mein Sohn stürzt sich in die Arme seiner Großmutter, die mich mit einem undurchdringlichen Blick mustert und dann den Kleinen davonzieht. Ich fahre mit schlechtem Gewissen ins Hotel, wo ich vom Trainer in der Halle erwartet werde. Sein Blick, kalt und wütend, verheißt nichts Gutes, aber ich bin zu aufgebracht, um diplomatisch zu sein. Als er mich anspricht, gehe ich sofort in Konfrontation. „Ich bin doch jetzt da, also nur kein Streß", presse ich hervor und dränge mich an ihm vorbei, doch er hält mich fest.

Schwierigkeiten

-J-

Das Läuten meines Handys reißt mich aus dem Grübeln. „Jessy, du solltest herkommen, Will wirft hier gerade seine Karriere weg. Bitte", höre ich Martin verzweifelt. Mein Vater erklärt sich sofort bereit zu fahren und ich stürze zehn Minuten später in die Lobby, wo ich laute Stimmen höre. Eine davon ist definitiv Williams und ich stehe kurz darauf vor den beiden Männern. „Ich habe eine gemeinsame Anreise angeordnet, ich dulde keine Ausnahmen", vernehme ich vom Trainer und er antwortet nur mit einem „Ach, l... mich doch." Ich wende mich an meinen Mann: „William, beruhige dich doch. Was ist denn los?" Er reagiert nicht und mir wird plötzlich bewusst, dass nicht William vor mir steht. So hole ich tief Luft und lege meine Hand auf seinen Oberkörper. „Will,sieh mich an, mach dir nicht alles kaputt. Bitte beruhige dich doch." Jetzt reagiert er, atmet tief ein und stößt hervor: „Jess, Liebling, du bist hier." „Natürlich bin ich hier. Atme ruhig durch", ich stehe zwischen den Männern und sehe in Richtung des Trainers. „Geben sie mir bitte etwas Zeit, ich fürchte, das ist meine Schuld." Er schnaubt, lässt uns aber allein. Ich ziehe William in sein Zimmer und fange ein weiteres Mal an. „Alles o.k.? Was zum Teufel ist denn in dich gefahren? Willst du dir alles kaputt machen?" Er steht mit verschränkten Armen vor mir und wirkt auf einem Schlag wie Leon. „Das habe ich doch längst- ich stoße dich und die Kinder von mir, nur wegen..." Ich lächle ihn an. „William, die Kinder und ich wir lieben und brauchen dich. Aber deshalb musst du nicht alles um dich werfen. Du solltest dich vielleicht entschuldigen." „NEIN! Ich habe mir nichts vorzuwerfen. Nur weil ich nicht mit der Mannschaft angereist bin", jetzt klingt er wie unser fünfjähriger Sohn. Ich hole tief Luft: „Aber dir fällt doch kein Zacken aus der Krone. Oder meinst du es ernst, dass du nicht mehr in der Nationalmannschaft spielen willst?" „Ich weiß es nicht, zumindest nicht um jeden Preis. Ich will nicht, dass mein Sohn weint---und du, warum hast du nicht etwas gesagt?" „Wozu? Du weißt, ich halte dir den Rücken frei." Er zieht mich so schnell in seine durchtrainierten Arme, dass ich ins Straucheln gerate, und er greift fester zu. Sein Kuss ist stürmisch und ich erwidere diesen mit derselben Leidenschaft. „Wartest du hier? Bin gleich wieder da", presst er hervor und verlässt den Raum. In den fünf Minuten bis er wieder kommt, versuche ich zu Atem zu kommen und schreibe Dad eine kurze sms. „Ich bleibe hier." Kaum ist er zurück, zieht er mich erneut in seine Arme und fährt mit den Händen unter mein Kleid. Im Nu stehe ich in Dessous vor ihm, William schmunzelt und greift nach dem Verschluss des BHs. Die Nacht ist phantastisch. Am Morgen finde ich ein Frühstück neben mir stehen und eine kleine Notiz „Danke ich liebe dich- W." Ich schlüpfe aus dem Bett, verschwinde unter der Dusche und esse in Höchstgeschwindigkeit. Danach versuche ich, unbemerkt aus dem Hotel zu kommen, was mir vermeintlich gelingt, doch kurz bevor ich ins Taxi schlüpfe, spüre ich Williams Arme um mich. Sein Kuss ist ein einziges Versprechen. „Ich versuch hier wegzukommen oder du kommst wieder zu mir."

-W-

Ich helfe ihr ins Auto und wende mich um. Martin steht hinter der Tür und grinst. „Danke", grinse ich zurück. „Ich dachte, sie ist die Einzige, die dich wieder zur Vernunft bringen kann",meint mein Freund, „und offensichtlich hatte ich Recht." Feixend betreten wir den Teamraum, wo mich der Trainer kurz mustert, bevor er uns den Terminplan in die Hand drückt. „Puh, nicht sehr familienfreundlich. Meine Freundin ist sicher begeistert", stöhnt Martin auf. „Die Familie bestimmt auch", murmle ich und stelle mir Leons Blick vor, „da muss mir etwas einfallen."Bevor das Training startet, haben wir zehn Minuten Zeit zum Telefonieren und wie vorhergesehen, ist meine Familie nicht begeistert, aber Jessica kommt am Abend „verbotenerweise" ins Hotel. Ihre Eltern und Raphaela kümmern sich rührend um ihre Enkelkinder, was das schlechte Gewissen etwas mildert. Gegen 21.30 Uhr verschwinde ich aus dem Teamraum. Martin folgt mir. „Auch ein Date?", fragt er leise und ich nicke. Beide Frauen erwarten uns, versteckt in einer Nische und kichernd wie Teenager schleichen wir in unsere Zimmer. Jessica verschwindet im Bad und erscheint kurz darauf in einem sündhaften Neglige, das mir den Atem nimmt. „Neu?", frage ich atemlos und sie grinst. Langsam schlendert sie auf mich zu und greift nach dem Reißverschluss meiner Trainingsjacke. Es fällt mir schwer, die Hände von ihr zu lassen, aber ich reiße mich zusammen und überlasse ihr die Führung. Und sie lässt sich Zeit, verdammt lange Zeit. Ich lächle, die Frau vor mir hat Ähnlichkeit mit der, die ich geheiratet habe. Ich kann nicht mehr und werfe sie auf das Bett. Jess entfährt ein leises Quieken, das ich sofort mit einem stürmischen Kuss unterbinde. „Gibt es Ärger, wenn man mich hier erwischt?", fragt sie gepresst. „Und wenn ?", meine

Karriere ist mir im Moment so etwas von egal, „soll er mich doch rauswerfen, wenn er sich das leisten kann." Ich will sie erneut an mich ziehen, aber sie weicht zurück. Ich sehe sie erstaunt an.

-J-

„Will", ich versuche soviel Ernsthaftigkeit, wie es im Moment möglich ist, in meine Stimme zu legen. Er sieht mich fragend an. „Das ist jetzt nicht dein Ernst, oder? So kurz vor der WM alles hinzuwerfen." „Wenn meine Familie darunter leidet, schon. Aber mehr als eine Geldstrafe wird es nicht werden. Er kann es sich nicht leisten, mich nicht aufzustellen." „Ganz schön eingebildet. Aber mal im Ernst, er sieht nicht so aus, als würde er sich die Insubordination gefallen lassen. Wir sollten vorsichtig sein." „Jess?", ich sehe ihn an und rutsche ein Stück näher, „Du hast mir den Arsch gerettet. Ich habe viel zu spät gemerkt, dass Will die Überhand bekommen hat. Kannst du mir das nächste Mal bitte früher Bescheid geben?" Ich denke an die vielen, vergeblichen Versuche, murmle ein „Mmh", an seiner Brust und schicke meine Lippen auf Wanderschaft. Er stöhnt qualvoll auf, wirft mich dann auf den Rücken und dringt in mich ein. Langsam bewegt er sich in mir, bis ich meine, es keine Minute mehr aushalten zu können und wir erreichen gemeinsamen einen explosiven Höhepunkt. Erschöpft liege ich in seinen Armen. „Kommst du morgen zum Spiel?", fragt er und seine raue Stimme sorgt erneut für Verlangen. „Ja, Dad, ein paar Freunde und ich kommen. Dad kann so endlich seinen Schwiegersohn anfeuern, ohne Verrat an seinem Verein zu betreiben." Es wird eine lange Nacht in der Gespräche und das Stillen körperlichen Verlangens sich abwechseln. Um 6:30 klingelt der Wecker und William verschwindet im Bad. Ich würde gerne liegen bleiben, doch das Risiko entdeckt zu werden ist zu groß. Missmutig angle ich nach meiner Kleidung und schleiche nach einem kurzen Kuss aus dem Zimmer. Vor dem Aufzug stoße ich auf Martins Freundin Beatrice. Verschwörerisch lächeln wir beide und gelangen unbemerkt aus dem Hotel.

-W-

Unter der Dusche denke ich an das Gespräch von letzter Nacht zurück. Bin ich allen Ernstes bereit, die Nationalmannschaft aufzugeben? Bis vor einem Jahr schien das undenkbar. Aber die Situation hat sich völlig geändert. Die Kinder werden größer und Jessica? Sie verzichtet für meine Karriere auf eine Menge - die versprochene Hochzeitsreise zum Beispiel. Wenn ich die WM sausen lasse, könnten wir endlich nach Venedig reisen. Aber meine Frau hat deutlich gemacht, dass sie nicht möchte, dass ich die Karriere aus diesem Grund beende. Ich schlüpfe in die Trainingsklamotten, die sich fremd anfühlen, und will das Zimmer verlassen, als es klopft. Ich öffne die Tür und sehe in Martins grinsendes Gesicht. „Schon allein?", flüstert er. Ich knuffe ihn spielerisch und grinse zurück: „Schon, und du?" Blödelnd kommen wir in den Frühstücksraum, wo unsere Mannschaftskollegen vollständig versammelt sind. Die Laune ist etwas angespannt, was an dem anstehenden Spiel liegen kann. Martin und ich, mit die Ältesten, bemühen uns darum, nicht zu gut aufgelegt zu erscheinen. Der Tag schleicht dahin und als es nach der letzten Teambesprechung um die Aufstellung geht, vergeht mir das Lachen ebenfalls.

Machtspiele

-J-

„Sag mal, der tickt doch nicht mehr ganz sauber", höre ich meinen Vater ausrufen, als die Aufstellung bekannt gegeben wird. „Seine Art von Macht", murmle ich und versuche ein Lächeln, „ist ja nur ein Freundschaftsspiel." Doch ein Großteil der anderen Zuschauer ist mit der Auswechslung von Will nicht zufrieden. Ein, etwas unsportliches Pfeifkonzert ertönt, als der junge Torwart ins deutsche Tor geht. „Der nimmt die Österreicher nicht ernst", höre ich, „wenn er das verliert, wird es Zeit zu gehen, wie kann man den Routinier Karl auf die Bank setzen?" Ich bin froh, dass ich mich hinter der Sonnenbrille verstecken kann, aber leider besitze ich dabei nicht soviel Routine und mein Trikot, trägt nicht unbedingt dazu bei, anonym zu bleiben. Plötzlich umringt uns eine Traube von Reportern. „Was halten sie von der Auswechslung ihres Mannes? Haben sie davon gewusst?" Jetzt nur nichts Falsches antworten: „Man hat sich sicher etwas dabei gedacht. Auch wenn es mir lieber gewesen wäre, wenn mein Mann spielen würde. Vielleicht gönnt er dem Jungen etwas Spielpraxis." Für den Moment scheinen sie sich damit zufrieden zugeben, und wir können das Spiel betrachten. Das Pfeifkonzert begleitet jede Aktion des Torwartes und er wird zunehmend nervöser. So steht es relativ schnell 0:2. Martin wirkt ebenfalls nicht so souverän wie gewohnt. In der Halbzeit hört man dann, zuerst einzelne, später vermehrte „Will-Karl- Rufe", doch der Bundestrainer macht nicht den Anschein, seine Meinung zu ändern. Im Gegenteil er wechselt Martin aus. Nach dem 0:4 verlassen viele Zuschauer erbost das Stadion. Die Verbliebenen schwenken jetzt auf „Trainer raus-Rufe" um und zu meinem Erstaunen ist Dad einer von ihnen. Kurz vor Spielende bemerke ich eine Bewegung auf der Bank. William streift seine Stutzen ab und verlässt den Innenraum. Ich erhebe mich ebenfalls. Was hat er vor? Der Ordner lässt mich lächelnd zum Spielertrakt durch und ich erreiche meinen Mann, kurz bevor er die Kabine betritt. Sein Gesichtsausdruck spricht Bände, doch als er mich an sich zieht, lächelt er. „Wir haben zehn Minuten. Lust auf einen Quicky?" Ich steige darauf ein und wir fügen der Liste „Sex an ungewohnten Orten" einen Ort hinzu. Kurz vor Spielende verschwinde ich aus der Kabine und schleiche schüchtern lächelnd mit einem Trikot von Will samt Autogramm zum Ordner. „Danke", flüstere ich ihm zu und drücke ihm das Präsent in die Hand. Er lässt es blitzschnell verschwinden und meint laut: „Auch wenn sie seine Frau sind, ich darf sie nicht durchlassen." Ich drehe mich um und stehe dem Bundestrainer gegenüber. „War ja nur ein Versuch- danke", murmle ich und entferne mich. Mein Vater wartet: „Und, was hat er gesagt?" „Naja, geredet haben wir nicht viel, aber er ist o.k."

-W-

Als die Mannschaftskollegen eintreffen, stehe ich schon lächelnd unter der Dusche. Es gelingt mir sogar, über meinen Schatten zu springen und zu dem Torwartkollegen zu treten. „Mach dir nichts draus, da mussten wir alle durch." „Ach ja?",murmelt er, „so wenig Unterstützung vom Publikum hatte ich noch nie. Den Liebling Will Karl zu ersetzen ist wohl nicht so einfach." „Quatsch, Nürnberg ist nur die Heimat meiner Frau, deshalb haben sie wahrscheinlich mich ge- fordert", wow, wie einfach die Lüge über die Lippen geht. „Mal sehen, ob ich die Freunde meines Schwiegervaters noch erreiche", lächle ich in Richtung des Trainers und verlasse den Kabinentrakt. Rolf, Ben, Jess und ein paar Freunde warten tatsächlich auf mich. Die Herzlichkeit, die mir entgegenschlägt, verblüfft mich ein wenig. Als der Trainerstab uns entgegenkommt, löst sich die Gruppe kurz von mir, um dem Trainer Unverstand und Ähnliches entgegenzuschleudern. Ich weiß, ich sollte intervenieren, doch in dem Moment küsst mich meine Frau und ich blende das Umfeld aus. Der der heutige Tag hat das Standing nicht verbessert, doch es ist mir egal. Auf dem Weg ins Hotel ruft unser Trainer an, angeblich nur, um sich zu vergewissern, dass ich nicht verletzt bin. „Nein, mir geht es gut. Ich erzähle es dir, wenn wir wieder zurück sind",versuche ich ihn zu beruhigen, wissend, dass der Auswechselgrund im Verein für Diskussionen führen wird. Unser Trainer ist ein Gegner von Länderspielpausen und stellt uns Spieler nur widerwillig an. Und für Strafversetzungen hat er ebenso wenig übrig, wie für unprofessionelles Verhalten von uns Aktiven. Doch ich bin wie berauscht von unserem Quicky, so dass mir das relativ wenig ausmacht. Martin sieht mich fragend an: „Alles o.k.? Ich dachte, das würde dich wütend machen. Also mich hat die Auswechslung schon angefasst, aber gar nicht spielen...?" Ich lächle in seine Richtung: „Nun ja, ich glaube einfach, meine Prio liegt nicht mehr in dieser Mannschaft. Ist doch alles relativ sinnfrei- mitten unter der Saison zwei Wochen Länderspielpause, um Freundschaftsspiele zu bestreiten. Nach der WM ist für mich Schluss, wenn nicht schon vorher." Ich bin mir durchaus bewusst, dass der Torwarttrainer in der Reihe vor mir sitzt, und so rede ich genauso laut, dass er es mitbekommen kann. Jetzt ist es raus, der Trainer weiß es sicher bald. Zuerst einmal bekommen wir am nächsten Nachmittag frei. Ich tippe Jess eine sms „Bin morgen mittag bei euch-HDL- W." Den Abend verbringen Martin und ich mit den zwei weiteren älteren Kollegen an der Bar. Meine Rücktrittsgedanken machen schnell die Runde und stoßen oft auf Unverständnis.

-J-

Die Kinder sind begeistert, dass ihr Vater den Nachmittag mit ihnen verbringen wird, so dass sie schnell in ihren Betten verschwinden. Ich liege in meinem Zimmer und lausche auf die Atemgeräusche der Zwillinge, die am Fußende in ihren Kinderbetten schlafen. Raphaela schläft im ehemaligen Spielzimmer, das durch Verbindungstüren von unseren Zimmern erreichbar ist. Ich spüre die Wunde auf meiner Wirbelsäule, die durch den Verschluss des Spindes entstanden ist. Außerdem habe ich unter der Dusche etliche blaue Flecken entdeckt, die die Heftigkeit unseres Sexlebens beweisen. Meine Gedanken kehren zur Kabine zurück. Der Sex hatte nichts Erotisches, sondern zeigte seine Verzweiflung deutlich, dennoch habe ich es genossen. Das Ziehen im Unterleib verstärkt sich und ich zwinge meine Gedanken in eine andere Richtung, um einschlafen zu können. Im Traum steht Will vor mir und wirft mir vor, seine Karriere zerstört zu haben. Mit einem Schrei erwache ich und mein erster Blick geht zu den Zwillingen. Die schlafen ungerührt weiter, nur Raphaela klopft kurz darauf an die Tür. „Sind sie in Ordnung, Jessica?", fragt sie. Ich versuche, meinen stoßweisen Atem zu beruhigen, bevor eine Antwort möglich ist: „Ja, danke, alles gut. Ich habe nur schlecht geträumt." „Soll ich die Zwillinge zu mir nehmen? Sie wissen, es macht mir nichts aus," bietet sie an, doch ich schüttle den Kopf. „Ich hole mir nur schnell ein Glas Wasser, dann geht es wieder. Ich schließe die Tür, wenn ich wieder da bin." An den Küchentresen gelehnt trinke ich in kleinen Schlucken, das Zittern meiner Hände ignorierend. „Was machst du denn hier im Dunkeln?", höre ich die Stimme von Mum und kurz darauf flammt das Küchenlicht auf. „Ich wollte mir nur kurz etwas zu trinken holen. Hab schlecht geträumt", antworte ich und stelle das Glas ab. „Willst du darüber reden?", die Hoffnung, meine Mutter würde die Sache auf sich beruhen lassen, erfüllt sich nicht. Also atme ich tief ein und fange leise an zu reden. „Du hast ja mitbekommen, dass wir bei unserer Ankunft eine kleine Krise hatten. Gut, die ist vorbei, aber heute durfte Will nicht spielen und ich befürchte, dass es die Strafe für seinen Aussetzer war. Was ist, wenn es das Ende seiner Karriere in der Nationalmannschaft ist? Und was ist, wenn er mir irgendwann vorwirft, schuld daran zu sein? Ich tu, was ich kann, aber es scheint nie genug. Ich weiß, dass wir ihm wichtig sind, aber die Kinder werden älter und brauchen ihren Vater." Mum sieht mich eine Zeitlang an. „Er ist alt genug, um seine Entscheidungen selbst zu treffen.

Wenn er zurücktritt, dann sicher nicht aus einer Laune heraus, und ohne mit dir zu reden." „Ich weiß nicht, aber es ist einiges vorgefallen, er ist noch nie so ausgeflippt", meine Laune ist immer noch nicht besser, „wenn er wieder zur Vernunft kommt, ist es eventuell zu spät. Und ich bin schuld." Mum schüttelt den Kopf und sieht mich schweigend an. Ich verlagere das Gewicht, da der Tresen genau auf die Wunde drückt. Das Lächeln meiner Mutter wird breiter. „Zu viele Zärtlichkeiten?" „Wohl eher Verzweiflungssex", grinse ich zurück, „danke fürs Zuhören. Ich fühle mich schon viel besser. Kommt ihr Morgen mit in den Zoo?" „Wenn ihr das wollt gerne. Aber jetzt sollten wir schlafen, sonst wird das morgen mit dem Ausflug nichts." Leise schließe ich die Verbindungstür, werfe einen Blick auf die Kleinen und krieche zurück ins Bett, wo ich kurz darauf in einen traumlosen Schlaf falle.

-W-

Als ich bei meinen Schwiegereltern ankomme, werde ich von den Großen an der Tür erwartet. Ich lächle sie an und nehme beide in den Arm. Gemeinsam erreichen wir das Wohnzimmer, wo der Rest der Familie wartet. Jess sieht müde aus, doch ihre Augen strahlen. Ich lasse die Großen los, küsse meine Frau kurz und knuddle die Zwillinge. Der Besuch im Zoo macht Spaß, auch wenn Jess etwas zu quälen scheint. Leider bleibt keine Zeit für tiefgründige Gespräche und sie versichert mir mehrfach, dass alles in Ordnung sei. Morgen geht es für drei Tage nach Köln, wo ein weiteres Freundschaftsspiel stattfinden wird. Ich würde am Liebsten nicht mitfahren, doch Jess überzeugt mich, es noch einmal zu versuchen. Also packe ich meine Tasche, doch ich werde mich kein weiteres Mal widerspruchslos auf die Bank setzen. Offensichtlich merkt das, das Trainerteam auch und sie stellen mich auf. Das Spiel läuft an mir vorbei, obwohl ich meine Leistung bringe. Ich bin froh, als wir zurück in Nürnberg sind und ich die letzten beiden Tage, bevor zuhause das Training wieder beginnt, bei den Schwiegereltern verbringen kann.

Neue Pläne

-J-

Zurück in den Alltag- kaum sind wir wieder in München, verändert sich William merklich. Er wirkt freier und seine Verzweiflung verschwindet. Er nimmt sich Zeit für die Kinder und unterstützt mich, was mir Freizeit verschafft. Ich begebe mich auf die Suche nach einer neuen Aufgabe. Zurück in die Schule wäre eine Option, doch das würde zu viel Zeit in Anspruch nehmen, die ich nicht bereit bin zu opfern. Also muss etwas her, das sich mit meiner Rolle als vierfache Mutter und Ehefrau vereinbaren lässt. Bea nimmt mich an einem Abend mit zu einer Veranstaltung ins Kinderheim und somit sind die Würfel gefallen. Hier gibt es eine Abteilung für misshandelte Kinder und da mir sofort unsere Großen einfallen, beschließe ich mich hier zu engagieren. Nach ein paar Besuchen fällt mir ein, etwa vierjähriger Junge auf, der immer still in der gleichen Ecke zu sitzen scheint. Auf Nachfragen erfahre ich, dass Alexander vor elf Monaten von seinem gewalttätigen Stiefvater im Waisenhaus abgegeben wurde, da er ihn nach dem Tod seiner Partnerin nicht mehr wollte. Der Kleine hat kein Vertrauen zu Erwachsenen und verhält sich eher wie ein wildes Tier. „Darf ich es versuchen?", frage ich die Leiterin, die dankbar zustimmt. Langsam nähere ich mich dem Jungen, der sich panisch nach einem

Fluchtweg umsieht. Etwa einen Meter vor ihm gehe ich in die Hocke, sehe ihn an und zaubere meine Handpuppe aus der Tasche. Alexander schiebt seine Fluchtpläne zur Seite und fixiert den kleinen Fuchs, der sich mit den Pfoten die Augen zuhält und immer wieder zaghaft in Richtung des Jungen sieht. Vorsichtig kommt dieser näher und streckt die Hand nach dem Stofftier aus. Ich lasse zu, dass er ihn streichelt, und flüstere ihm zu: „Hallo, ich bin Foxi und das ist meine Freundin Jessica. Wer bist du denn?" „Alexander", flüstert er zurück. „Willst du unser Freund werden?", möchte der Fuchs wissen. Der Kleine nickt, nimmt meine freie Hand und zieht mich in sein Zimmer. Ich drücke ihm das Stofftier in die Arme und er schmiegt sich an es. Was hat das kleine Wesen durchgemacht? Aber Foxi hat schon viele Kinder geknackt und auch bei Alexander scheint er Erfolg zu haben. Zu dritt spielen wir eine Stunde, doch als ich mich verabschiede, verschwindet er erneut in seiner Ecke. Ich verspreche ihm, bald wieder zu kommen und ihm seinen Freund mitzubringen. Zuhause erzähle ich William und den Kindern von dem Kleinen und während mich mein Mann grübelnd ansieht, will Leon mich sofort begleiten.

-W-

Nachdenklich betrachte ich meine Frau. Sie so euphorisch von dem Jungen erzählen zu hören, freut mich einerseits, andererseits investiert sie hoffentlich nicht zu viele Gefühle in die Arbeit und wird enttäuscht. „Rattenfänger", lächle ich zaghaft, „gibt es irgendwo ein Kind, das dir widerstehen kann?" Am Abend sitzt sie nachdenklich im Wohnzimmer, als ich vom Laufen komme. „Jess?" Sie schrickt aus ihren Gedanken. „Was?" „Alles o.k.?" „Ja schon, ich habe nur nachgedacht. Alexander braucht Eltern. Nur wie soll das gelingen, wenn er sich so verschließt?" „Naja, du schaffst das schon. Ich hoffe nur, du investierst nicht zu viele Gefühle. Denn ich will nicht, dass du enttäuscht wirst", mein Kiefernmuskel zuckt. „Enttäuscht? Ich will dem Kleinen doch nur helfen." „Mmh", ich nehme sie in den Arm und kurz darauf scheint das Thema Waisenkind vergessen. Und ich sollte meine Frau besser kennen. Sie verbringt jeden Tag mindestens eine Stunde im Waisenhaus und das Glänzen in ihren Augen wird immer größer. Am Sonntag findet ein

Tag der offenen Tür statt, bei dem die Kinder und ich den kleinen Jungen ebenfalls kennenlernen können. Jess Blick schweift über die Kinderschar, sie verschwindet kurz und kommt mit Alexander an der Hand zurück. Schüchtern sieht dieser zwischen mir und den Zwergen hin und her. „Das sind meine Kinder Leon und Vroni und das ist mein Mann", stellt sie uns vor. Unser Sohn übernimmt sofort das Ruder: „Spielen wir?", fragt er und sie stecken die Köpfe zusammen. Jessicas Erziehung zeigt Erfolge, meine Kinder sind ebenso empathisch wie sie. Den gesamten Nachmittag sehen wir die drei nur minutenweise. Auf der Heimfahrt sitzt Vroni grübelnd im Auto und beim Abendessen schweigt sie. Erst als es Zeit wird, ins Bett zu gehen, platzt es aus ihr heraus: „Kann Alexander nicht hier wohnen?"

-J-

Ich glaube, mich verhört zu haben, doch Williams Miene ist wie versteinert. „Wie kommst du denn darauf?", platzt es aus ihm heraus. Unsere Tochter sieht zwischen uns hin und her. „Jeder braucht eine Mama und einen Papa. Du bist doch auch unsere Mama geworden. Und..." Ich schüttle den Kopf. „So einfach ist das nicht. Du und Leon, ihr seid Papas Kinder, da war für mich klar, dass ich eure Mama werde..." Williams Blick ist nicht zu deuten und unsere Tochter nicht so leicht zufriedenzustellen. „Aber Alexander hat gesagt, du bist seine Freundin..." Für ihre acht Jahre ist sie sehr zielstrebig. Wir werden darüber nachdenken", schaltet sich mein Mann ein, „aber jetzt ist es an der Zeit ins Bett zu gehen." Als Vroni nach oben verschwindet, sehe ich Will fragend an. „Du hast doch selber schon darüber nachgedacht",lächelt er, „ich habe es befürchtet, du liebst dieses Kind." „Nein,- doch, ach ich weiß nicht", ich durchforste meine Gedanken, „ihn zu uns zu holen, hatte ich nicht vor." „Ach komm schon, Schatz, ich kenne dich. Er ist ja wirklich süß, aber ihn adoptieren? Wo soll das hinführen? Es wird immer Kinder wie Alexander geben. Willst du jedes Kind adoptieren? Dann wird es hier eng. Und vielleicht willst du ja auch noch ein/zwei eigene", seine Stimme klingt rau. Weitere leibliche Kinder? Bis jetzt war nie die Rede von Familienerweiterung. Ich kann ihn nur sprachlos ansehen.

-W-

Sie schweigt. Ich habe sie überfahren, was mir leidtut. Aber mir ist gerade klar geworden, dass ich mir durchaus weitere Kinder mit ihr vorstellen kann. Bis jetzt war unser Leben mit den Vieren voll ausgelastet und Jessica will keinen vernachlässigen, was nicht immer leicht ist. Deshalb ist eine erneute Schwangerschaft nie Thema gewesen. „Jess?", versuche ich zu ihr durchzudringen. Sie erschrickt und schlingt die Arme um sich. „DU willst ein weiteres Kind? Ich dachte immer, die vier sind dir genug." „Irgendwann vielleicht", versuche ich mich zu rechtfertigen, „wenn du es auch willst." Wie komme ich da wieder raus? Der nächste Satz macht es nicht besser: „ Und wenn du willst, kann ich mich auch mit Alexander anfreunden." Ich sehe in ihrem Gesicht, dass die Kurve zu eng wird. Warum mache ich alles so kompliziert. „Irgendwann will ich vielleicht noch ein Kind. Aber die Zwillinge sind erst 9 Monate alt", ihre Stimme wirkt brüchig, „und Alexander, ich weiß nicht..." Tränen treten in ihre Augen und ich muss sie schnell in den Arm nehmen. „Alles gut Liebling, was kommt, das kommt. Gemeinsam schaffen wir alles. Lass dir Zeit, um über Alexander nachzudenken. Wir finden eine Lösung." Sie wischt sich die Tränen aus dem Gesicht, windet sich aus meinen Armen und sieht nach den Kindern. Ich greife zum Telefon und rufe den Schwiegervater an. „Hallo Rolf- nein, alles in Ordnung- kannst du mir bitte sagen, was man tun muss, um ein Kind zu adoptieren- nein nur mal ganz pauschal---danke, bis bald."Ich begebe mich auf die Suche nach Jess. Sie sitzt auf unserem Bett und dreht den Fuchs in der Hand. Leise schließe ich die Tür und nähere mich. Sie ist so in Gedanken versunken, dass sie mich erst wahrnimmt, als ich direkt vor ihr stehe. Sie zieht mich auf das Bett und ihr Kuss ist so leidenschaftlich, dass ich alles andere vergesse. Ich schiebe meine Hand in ihre Jeans, liebkose sie zärtlich und sie biegt sich mir entgegen. Nur mühsam gelingt es uns, der Kleidung zu entledigen. Wir setzen die Diskussion wieder einmal aus und lassen unserer Leidenschaft freien Lauf. Erschöpft sinke ich danach neben sie aufs Bett. „William?" „Mmh?" „Was ist, wenn es nicht funktioniert? Alexander hat sicher eine Menge Probleme und das zu unseren vieren. Wir können ihn nicht einfach als Versuchskaninchen missbrauchen." Ich wusste es doch. Aber ihre Ängste sind verständlich, die habe ich ebenfalls, wenn auch anders als sie: „Ich weiß es nicht, Liebling, wir müssen uns sicher sein, sonst bringt es keinem was", lächle ich. Jetzt gibt es keinen Weg mehr zurück. Wenn sie es will und uns zutraut, sind wir bald zu siebt. Vorausgesetzt Alexanders Stiefvater stimmt der Adoption zu. Wir werden es sehen.

Familienerweiterung

-J-

Wir fahren zu zweit ins Waisenhaus, um die abschließenden Formalitäten zu klären. In den letzten drei Wochen wurden unzählige Telefonate geführt und familienintern diskutiert. Endlich ist es soweit, unser dritter Sohn zieht ein. Sein Zimmer ist fertig, der Teddy sitzt auf dem Bett und alle sind freudig gespannt. Alexander hat keine Ahnung, um ihn vor falschen Hoffnungen zu schützen. Nun stehen wir Hand in Hand vor dem Waisenhaus. „Bereit?", fragt William und ich nicke. „Lass ihn uns nach Hause holen", flüstere ich. Zusammen betreten wir das Büro der Heimleitung, die die Papiere schon vorbereitet hat. Bis zur endgültigen Adoption dauert es noch etwas, aber mit den Unterschriften heute ist er ein Karl. Die Türe öffnet sich und der Kleine kommt mit einer Betreuerin herein. „Alexander", meint die Leiterin, „willst du mit William und Jessica nach Hause gehen?" Fragend sieht der Junge zwischen uns hin und her. „Was?" Ich ziehe ihn auf meinen Schoß und William lächelt ihn an. „Wir nehmen dich mit nach Hause zu Vroni, Leon, Florian und Sophie", meint er, „natürlich nur, wenn du es willst." Der Kleine denkt nicht lange darüber nach. „Bist du dann mein Papa und du meine Mama?" Wir nicken beide und Alexander kann es kaum erwarten, von hier fortzukommen.

-W-

Zuhause warten unsere Kinder, Raphaela und meine Eltern auf den Familienzuwachs. Der wirkt leicht eingeschüchtert, doch Leon zieht seinen neuen Bruder sofort mit sich. „Hier ist dein Zimmer. Ich wohne gleich nebenan. Und das ist unser Familienteddy, den haben alle Karl- Kinder. Dieser gehört dir." Alexander drückt seinen Bären an sich. Ich muss leider ins Training, doch meine Frau und die Eltern bekommen das super hin. Die großen beiden führen ihren kleinen Bruder in die Familienbräuche ein. Ahmet sieht mich im Auto an: „Nun seid ihr also sieben. Eine große Herausforderung ." „Ja, schon, aber wir bekommen das schon hin. Für den Moment helfen uns meine Elter. Habt ihr Lust, zum Grillen zu kommen?" Als wir nach dem Training den Garten betreten, sind Sylvia und die Kinder bereits hier und Dad hat den Grill angeworfen. Vroni kommt mir sofort entgegengeflogen. „Hallo Papa, schön dass du da bist. Nun sind wir komplett." Ich schwenke sie herum und bemerke, aus den Augenwinkeln meinen neuen Sohn sehnsüchtig in unsere Richtung sehen. „Willst du auch?", frage ich ihn und nach einem Nicken, fliegt er durch die Luft. Sein Kichern geht mir direkt ins Herz. Noch habe ich keine Ahnung, was er alles durchgemacht hat, aber tief in sich drin scheint er ein fröhliches Kind geblieben zu sein. Ich setze ihn ab und küsse meine Frau, die mit dem Rest um die Wette strahlt.

-J-

Wow, mein Mann, der Kinderflüsterer. Auch wenn er es nicht weiß. Mir wird schlagartig klar, dass diese Familie funktionieren wird. Die Akte von Alexander liegt unangetastet in meinem Arbeitszimmer, ich bin mir nicht sicher, ob mich der Inhalt interessieren wird. William hat nicht bemerkt, dass ich die Akte eingesteckt habe. Vielleicht lese ich sie irgendwann mal in Ruhe. Mist, ich habe vergessen, einen Kindergartenplatz für meinen zweiten Sohn zu besorgen. Hoffentlich lässt sich das morgen unbürokratisch lösen. Die Kinder sind aufgedreht und so dauert es, bis sie einschlafen. Doch irgendwann ist Ruhe und ich kehre zu den Schwiegereltern und meinem Mann zurück. In der Hand halte ich die Akte, die ich vor William auf den Tisch lege. „Alexanders Geschichte", wispere ich, „wenn du sie lesen willst." „Wozu? Um ihn umzutauschen?", seine Stimme klingt kalt und ist doch nicht mehr als ein Flüstern, „Hast du es gelesen?" Ich schüttle den Kopf: „Ich weiß auch nicht, ob ich es machen werde." „Ach ja, aber ich soll es tun!", wir reden wieder einmal aneinander vorbei. „NEIN!", hilfesuchend sehe ich in Richtung meiner Schwiegereltern, doch die zucken nur mit den Schultern. „William, du verstehst mich falsch. Die Leiterin hat mir die Akte mitgegeben. Aber ich würde es gerne ohne Vorwissen versuchen. Ich spreche aber nur für mich, ich wollte dir nur die Möglichkeit geben, deine eigene Entscheidung zu treffen." Sein Blick wird weicher: „Sorry, Liebling, ich wollte dich nicht anbluffen, ich weiß nicht, ob ich vorurteilsfrei mit der Vergangenheit umgehen kann. Du weißt, wie ich auf Paul reagiere. Wenn ich jetzt etwas lese, dann..."

-W-

Ihr Blick ist nicht zu deuten. Ich habe nicht nachgedacht, sondern im Moment nur das Strahlen meines Sohnes im Gedächtnis, was ich mir nicht zerstören lassen wollte. Das ist auch nicht ihre Absicht. Sie hat für sich beschlossen, Alexander so zu nehmen wie er ist, was auch meine Intention ist. Ich greife nach der Akte und mit einem kurzen Blick auf Jessica schließe ich sie in den Wohnzimmerschrank ein. Wenn er größer ist, wird sie vielleicht wichtig. „Bist du o.k.?", mein Vater ist mir gefolgt. „Ja- nein, ach ich weiß nicht. Ich habe schon wieder einmal falsch reagiert. Stress im Job und ich lade meinen Frust bei

Jessica ab. So wie gerade, ich höre nur das, was ich hören will und reagiere barsch. Ich liebe sie und ich bewundere, wie sie das alles meistert. Sie hat Alex vom ersten Moment an eine Chance gegeben und mich dazu gebracht, ihn ebenfalls zu lieben. Dad, warum reagiere ich so? Ich werde sie verlieren, wenn ich so weiter mache." Mein Vater sieht an mir vorbei und ich drehe mich panisch um. Und richtig, Jess steht im Türrahmen und betrachtet mich mit großen Augen. MIST! Mein Dad verlässt diskret den Raum. „Ich wusste es", flüstert sie, „du gibst mir die Schuld an deinen Problemen. Aber das Porzellan zerschmisssen hast du selbst. Wolltest du mit der Adoption etwas beweisen? Wem?" Wie viel hat sie gehört? Ich rufe mir das Gespräch mit meinem Vater ins Gedächtnis und schüttle den Kopf: „Ich gebe niemanden die Schuld. Ich weiß nicht, was mit mir los ist. Ich war begeistert, als ich ihn zum Kichern und dich zum Strahlen gebracht habe. Und eine halbe Stunde später motze ich dich an. Du meintest es doch nur gut. Was heißt du wusstest es?" „Ich habe nach dem Sex in der Kabine davon geträumt. Du hast mir und den Kindern die Schuld gegeben, dass du nicht mehr nominiert bist. Und genau das scheinst du zu tun, obwohl du noch spielst." Ich sehe sie irritiert an: „Was ist mit uns passiert, Jessica? Warum verstehen wir uns miss? Wir hätten allen Grund, glücklich zu sein. Aber irgendetwas steht seit einiger Zeit zwischen uns." „Und wenn wir nicht weiter wissen, klären wir es mit Sex",murmelt sie. Autsch. „O.k., noch einmal von vorne. Erstens, ich liebe dich und die Kinder. Zweitens, ja es stimmt, es läuft sportlich nicht so gut, drittens schlafe ich gerne mit dir. Viertens, ja ich fühlte mich angegriffen, als du mir die Akte hingelegt hast. Vielleicht, weil ich das Gefühl habe, du traust mir nicht zu, mit eventuellen Problemen fertig zu werden. Fünftens- ich weiß nicht."

-J-

Wow, ein Seelenstriptease. Dann bin jetzt wohl ich dran. Was will er hören? Dass ich ihn liebe-, das weiß er. Gut, ich habe es ihm in letzter Zeit nur in intimen Zeiten gesagt. Ich hole tief Luft, doch bevor ich antworten kann, höre ich ein leises Wimmern. Einer der Zwillinge? Also gehe ich nachsehen. Das Geräusch kommt aus Alexanders Zimmer. Ich betrete den Raum und nehme ihn in den Arm. „Alles gut, Schatz. Hast du schlecht geträumt?" Er beruhigt sich sofort und schläft wieder ein. Ich kehre zu meinem Ehemann zurück, der immer noch auf eine Antwort wartet. „Alles gut, nur Anpassungsschwierigkeiten. Gut, ich bin dran. Ich liebe dich und ich stehe hinter dir. Ich weiß nicht, was mir dir los ist. Du fühlst dich in der Nationalmannschaft nicht mehr wohl. Wenn du es wirklich willst, dann hör auf oder du setzt dich durch. Ich schlafe auch gerne mit dir, auch wenn es schon mal sinnlicher war. Versteh mich nicht falsch- der Sex in der Kabine war faszinierend aber gegen einen Spind gedrückt zu werden, ist für eine fünffache Mutter nicht mehr so sexy- einmal ist o.k., und war auch angemessen- von den blauen Flecken abgesehen. Und es tut mir leid, wenn ich dich mit der Adoption überfahren habe, aber ich dachte, du wolltest es auch."

„Stopp! Das geht in die falsche Richtung. Ich will diese Familienkonstellation genauso, wie sie ist. Ich glaube, ich brauche deine Hilfe, ich bin irgendwo falsch abgebogen. Ich liebe dich, mehr als alles andere in meinem Leben, mehr als meine Karriere, mehr als Fußball, sogar mehr als mich selbst. Es tut mir leid, wenn ich dich anmotze, es tut mir leid, wenn ich dich allein lasse, es tut mir..." „Hör auf, William. Bitte! Wir reden uns das Problem vielleicht nur ein. Spannungen gibt es in jeder Beziehung. Und im Moment ist alles etwas viel. Nächstes Wochenende ist ja auch noch das Spiel gegen den Tabellenführer und Vronis Kommunion. Meine Familie kommt am Freitag, die Zimmer sind gebucht und..."

-W-

Und wieder etwas, was ich meiner Frau auf ´s Auge gedrückt habe. Das schlechte Gewissen, wahrscheinlich der Grund für alles, meldet sich erneut. „Ich verspreche dir, dich besser zu unterstützen", murmle ich. „Versprich nichts, was du eh nicht halten kannst", lächelt sie, „sei einfach du selbst. Und lass mir etwas Raum, ich selbst zu sein." „Einverstanden, morgen ist nur Nachmittagstraining, du kannst also am Vormittag über mich verfügen." „Keine Angst, das werde ich tun", grinst sie, „und vielleicht können wir irgendwann auch Alltag." Das ist eine von Jess Stärken, aus jedem kleinen Schritt einen Erfolg zu schaffen. Andere wären schon längst weg. Mit ein Grund, warum ich manchmal vergesse, mit meinen Launen hinter dem Berg zu halten. Doch selbst sie hat ihre Grenzen. Am Tag darauf macht sie ernst und steckt mir eine Liste zu, die abzuarbeiten ist. Dabei bekomme ich tatkräftige Hilfe von meiner Mutter. Ohne sie wäre ich heillos überfordert- im Beruf top- im Leben oft ein Flop?

Kommunion

-J-

Ich bringe die Jungs in den Kindergarten und muss bei der Leiterin zu Kreuze kriechen, damit Alex aufgenommen wird, aber die Aussicht auf eine größere Spende öffnet jede Tür. Ich unterhalte mich kurz mit der Erzieherin und erkläre ihr die Situation. Leon verspricht, auf seinen Bruder aufzupassen und man versichert mir, sich sofort zu melden, sollte es ein Problem geben. Ich sehe noch eine Weile zu, wie unsere Jungs in der Gruppe verschwinden und mein kleiner Sohn von den Freunden des Älteren aufgenommen wird. Vor dem Kindergarten spricht mich eine Mutter an: „Habt ihr Besuch?" „Alexander? Er ist unser Adoptivsohn." „Wow, dann habt ihr nun fünf. Mir reichen unsere drei schon, trotz Au- Pair", lächelt sie. „Nun ja, ohne unser Kindermädchen ginge es auch nicht so entspannt", antworte ich wahrheitsgemäß. Zuhause lächle ich über das

Chaos, das William beim Abarbeiten der Liste veranstaltet. „Soll ich dir helfen?", frage ich ihn. Er sieht mich verzweifelt an, meint aber; „Ich schaff das schon, glaube ich." „Lass mal sehen, was du schon alles geschafft hast", ziehe ich ihn auf und er drückt mir den Zettel in die Hand. „Die Kerze? Das hätte ich dir wirklich nicht zuge-traut", grinse ich. „Das war ich nicht, das war Mum", gibt er zu, „wie 2/3 der abgearbeiteten Dinge. Ich sollte beim Fangen von Bällen blei-ben."Ich schließe meine Arme um ihn und er zieht mich auf seinen Schoß. „Mit den Jungs alles gut gegangen?" „Ja, aber es ist wohl eine größere Spende fällig. Aber Alexander scheint sich wohl zu fühlen. Er hatte nur Angst, dass ich ihn nicht mehr abholen würde, aber Leon hat gemeint, so-lange er da ist, ist alles o.k." Er begibt sich auf den Weg, um die Jungs zu holen, Mona macht das Mittagessen und ich arbeite die Liste weiter ab. Nach dem Essen verschwinden William und Achim mit den Jungs in den Garten, Vroni macht sich an die Hausaufgaben und Raphaela und ich bringen die Zwillinge zu Bett. Raphaela ver-schwindet kurz darauf in ihren freien Nachmittag und ich erledige den Rest der Liste. Nach 1/2

Stunde bin ich damit fertig und geselle mich in den Garten.

-W-

Wofür ich ewig gebraucht habe, erledigt sie in kurzer Zeit. Am Freitag kommen ihre Eltern, Betty und Ben an und sind hin und weg von Alexander. Im Garten leistet der Grill Schwerstarbeit, ich muss leider ins Training, aber Rolf und Dad haben das alles im Griff. Der Kleine erschrickt, als, ihm unbekannte Menschen, unser Haus bevölkern, doch durch seine Geschwister wird er immer offener. Das Motto, dass geschlossene Türen einen Rückzugsort markieren, kommt ihm gelegen. Er verschwindet einfach in sein Zimmer und schließt die Tür hinter sich. Die Regel hat Jess bei ihrem Einzug aufgestellt- eine ins Schloss gefallene Tür im Arbeitszimmer bedeutet bis heute- Zutritt verboten. Und sie hat sie an unsere Kinder weitergegeben, bei denen hängt noch eine selbstgebastelte Ampel - rot bedeutet „Stopp". Als die Zwerge im Bett sind, verabschieden sich auch unsere Gäste und Jessica verschwindet im Bad. Ich folge ihr und bemerke zum ersten Mal eine kleine, zackenförmige Narbe an ihrer Wirbelsäule. Vorsichtig ziehe ich die Kontur nach und sie erschaudert unter der Berührung. „Was ist das?", frage ich rau und küsse die Stelle. „Das Spintschloss", flüstert sie und versucht, sich umzudrehen. Ich halte sie fest und schiebe sie in die Dusche, erst dann erlaube ich ihr, sich zu drehen, und küsse sie stürmisch, während meine Hände sich auf Wanderschaft begeben und von ihren Brüsten zu ihrem Schoß wandern. Wie immer kann ich nicht genug von ihr bekommen und nehme sie unter der Dusche. „Wow, Jess", murmle ich erschöpft und trage sie zu unserem Bett. Vorsichtig lege ich sie ab und trete einen Schritt zurück. Meine, scheinbar unersättliche Frau rekelt sich auf dem Laken und bringt mich um den Verstand. Doch dann denke ich an ihren Wunsch nach mehr Erotik und zügle mein Verlangen. Langsam trete ich näher und lächle, als sie errötet.

-J-

Er steht vor dem Bett und sieht mich nur an. Bei dem Blick wird mir heiß und ich versuche, ihn zu mir zu ziehen. Er lächelt, beugt sich über mich und schickt seine Lippen an meinem Körper entlang. „William- bitte", presse ich hervor und stoße einen spitzen Schrei aus, als er mir die Erfüllung schenkt. Ich liege in seinen Armen und er sucht erneut meine Narbe. Als er die Stirn runzelt, frage ich nach: „William?" „Alles in Ordnung, Liebling. War das wirklich das Spintschloss?" „Mmh. Ein Andenken." „Das tut mir leid", bei seinem Gesichtsausdruck muss ich kichern. „Mir nicht. Es war eine Erfahrung wert." Er küsst mich und ich stehe erneut in Flammen. Doch einer der Zwillinge hat offenbar etwas dagegen. Ich schlüpfe in ein Shirt und halte kurz darauf unsere kleine Tochter in den Armen, die sich sofort wieder beruhigt. Auch ich komme runter und kehre ins Schlafzimmer zurück. Mein Mann liegt unter der Decke und streckt die Arme nach mir aus. Ich schlüpfe zu ihm, bette den Kopf auf seinen Oberkörper und bin kurz darauf eingeschlafen.

-W-

Ich sehe ihr beim Schlafen zu und mir wird wieder einmal bewusst, wie sehr ich sie liebe. Ich lösche das Licht und hänge meinen Gedanken nach, bis ich ebenfalls einschlafe. Als um 7:00 Uhr der Wecker klingelt, ist die rechte Seite des Bettes leer. Ich quäle mich heraus und verschwinde unter der Dusche. Als ich nach ins Erdgeschoss komme, sitzen Jess und meine Eltern bereits am Frühstückstisch. „Guten Morgen, Langschläfer", werde ich begrüßt. Ich trete hinter sie und raune ihr ins Ohr: „Mich die halbe Nacht wach halten und dann frech werden. Warte nur bis heute Abend." Mum lächelt wissend und ich grinse. Kurz darauf stehe ich vor Ahmets Tür, um mit ihm und Martin zum Spieltag zu fahren. Das Spiel wird lang und schwer und ich muss des Öfteren mein ganzes Können auspacken. Aber auch der gegnerische Torwart zeigt nichts von der Nervosität des Länderspieles und es dauert bis zur 89. Minute, bis es Ahmet schafft, das erlösende Tor zu schießen. Es ist ein wichtiger Sieg, der uns zurück an die Tabellenspitze bringt und muss gebührend gefeiert werden. Erst gegen 20:00 Uhr kehren wir nach Hause zurück und ich sehe mit Schrecken, dass die Tische und Stühle für morgen im Garten aufgebaut sind. Ebenso Ahmets Grill. Rolf, Dad und Ben sitzen mit einem Bier auf einer der Bierbänke. Als ich näherkomme, drückt mir mein Schwiegervater eine Flasche in die Hand und ich lasse mich neben ihn auf den freien Platz fallen. „Danke für´s Aufbauen", presse ich hervor, „tut mir leid, dass ich nicht geholfen habe." „Kein Thema", kommt von Ben, „du hattest den härteren Job." Die Stimmung ist ausgelassen und als unsere Frauen nach draußen kommen wird sie noch besser. Ich ziehe Jess auf meinen Schoß, sie lehnt sich an mich und sieht ihre kleine Schwester auffordernd an. Diese wirkt leicht nervös und so übernimmt Ben die Aufgabe, uns ins Bild zu setzen. „Wir müssen euch etwas erzählen, wir sind in sieben Monaten zu dritt." Nun grinsen wir alle und köpfen eine Flasche Sekt- alkoholfrei natürlich. Es wird ein langer, entspannter Abend und erst weit nach Mitternacht fallen wir ins Bett. Jess kuschelt sich an mich. „Alles geschafft", lächelt sie, „jetzt muss nur noch das Wetter passen."Vroni ist bereits gegen 7:00 Uhr topfit und klopft an unsere Tür. Wir sind sofort wach und kurz darauf sitzt die gesamte Familie am Frühstückstisch. Danach wird es hektisch, da wir die Kinder anziehen müssen. Mum nimmt die Zwillinge, Raphaela die Jungs und Jessica kümmert sich um das Kommunionkind. Dad achtet darauf, dass sich niemand schmutzig macht, bis wir ebenfalls angezogen sind. Die ganze Familie kommt vor der Kirche an, wo meine Schwiegereltern, Ben und Betty und zu unserer Überraschung auch

Susan und Sven, der wie immer schlecht gelaunt ist, warten.

-J-

Ich freue mich riesig, meine Schwester wieder zu sehen. Gut, auf den Schwager, den alten Griesgram könnte ich gerne verzichten. Vroni sieht in ihrem bunten Sommerkleid, mit Carmenausschnitt, Glockenrock und großer Schleife, ihre hüftlangen Haare kunstvoll von Raphaela zum französischen Doppelzopf geflochten zum Anbeißen aus. Leider verschwindet das Kleid, gleich unter der braunen Kutte. Die drei Jungs tragen blaue Anzüge, genau wie ihr Vater. Sophies Kleidchen ist ebenfalls blau und passt perfekt zu ihren blonden Haaren. Je älter sie werden, desto ähnlicher sehen sie ihrem Vater, nur die stahlblauen Augen haben sie von mir. Ich trage ein dunkelgrünes Etuikleid mit passenden High Heels und Williams Blick nach zu urteilen, war das die richtige Wahl. Der Gottesdienst ist sehr stimmungsvoll und die Kinder verhalten sich vorbildlich. Zuhause schicke ich die Großen in ihre Zimmer, um normale Kleidung anzuziehen. Raphaela übernimmt die Zwillinge, Vroni will ihr Kleid unbedingt anbehalten und es ist ihr Tag, so darf sie es anlassen. Schnell sind der Grill angeheizt und die Salate fertig. Ahmet und Sylvia erklären sich bereit, den Grill zu übernehmen, aber das lässt sich William nicht nehmen. Also teilen sie sich die Arbeit und Sylvia hilft mir am Buffet. Nach dem Essen habe ich endlich Zeit, mich mit meiner großen Schwester zu unterhalten. Wir haben uns seit der Hochzeit nicht mehr gesehen. „Schön, dass du da bist. Ich freue mich, dich mal wieder zu sehen",lächle ich. „Naja, meine Nichte hat ja nur einmal Kommunion, und einen neuen Neffen bekommt man auch nicht alle Tage", lächelt sie zurück, „vorallem wenn die Schwester nur 5 Wochen mit ihm schwanger gegangen ist." „Scheint bei uns so usus zu sein. Mutter werden in 24 Stunden, gut, dass es bei den Zwillingen 10 Monate gedauert hat", schmunzle ich. „Mama", hören wir eine dünne Stimme, „bekommen wir ein Eis-bitte?" „Natürlich, wie viele brauchen wir denn?" Alexander denkt kurz nach. „Viele", meint er. „Viele? Gut dann müssen wir in der Küche nachsehen, ob wir viele Eistüten haben",lächle ich. Zu dritt schlendern wir in die Küche und im Vorbeigehen verifiziere ich die Anzahl des benötigenden Eis. Wir kehren zurück und verteilen das Eis. „Aber im Sitzen essen", gebe ich der Kinderschar mit auf dem Weg. „Du machst das wirklich toll", bewundert mich meine Schwester. „Reine Übungssache, von null auf fünf innerhalb eines Jahres", grinse ich, „willst du keine Kinder?" „Keine Ahnung, darüber haben wir noch nicht gesprochen", antwortet Su und wirft einen Blick auf ihren Partner. „Achso", murmle ich, „Sven will keine." „Keine Ahnung, oder ich nicht mit ihm", meine große Schwester klingt ziemlich frustriert. „Wenn du mich brauchst, dann meldest du dich aber." Sie nickt und sieht zu ihrem Partner, der plötzlich zum Aufbruch drängt. Widerstandslos folgt Susann ihm. Alles sehr seltsam, doch zum Nachdenken bleibt keine Zeit. Nach dem Kaffeetrinken löst sich die Gesellschaft langsam auf. Es bleiben nur die zwei Elternpaare übrig, die nun gespannt zusehen, wie die Große ihre Geschenke auspackt. William holt unser großes Geschenk aus der Garage. „Juhu, ein Fahrrad", strahlt Vroni, „danke schön." „Dann bekomme ich jetzt deines und Alex meines", beschließt Leon. So machen wir mit einem Geschenk drei Kinder glücklich.

-W-

So einfach ist das. Die Zwerge lösen die Sache selbst. Vroni will ihr neues Rad natürlich sofort ausprobieren, so begeben wir uns in die Einfahrt. Unsere Tochter schlüpft nun doch aus dem Kleid und Jess hat schon Shirt, Radlerhose und Helme bereit. Das Mädchen reicht ihr Rad an ihren Bruder weiter und gemeinsam fahren sie auf der Straße hin und her. Gott sei Dank wohnen wir am Ende einer Sackgasse, so dass keine Autos fahren. Wir machen uns daran aufzuräumen, während Jessica die Kinder zu Bett bringt. Der Tag war für alle ziemlich stressig, so dass bald Ruhe einkehrt. Auch wir sind fertig und schlafen schnell ein.

Ausgeknockt

-J-

Der Montagmorgen beginnt mit Kopf- und Gliederschmerzen, so dass Raphaela die Jungs in den Kindergarten bringt. Ich mache mich an `s Aufräumen und bin nach dem Ausräumen der Geschirrspülmaschine bereits völlig fertig. Beim Mittagessen kann ich nicht mehr, so dass mich meine Schwiegermutter rigoros ins Bett verfrachtet. Ich habe drei Stunden Zeit, bis William vom

Training kommt. Ich will nicht, dass er sich Sorgen macht. Irgendwann merke ich, wie sich jemand neben mich legt, doch ich bin zu fertig, um die Augen zu öffnen. Als ich wach werde, ist es 11:00 Uhr am nächsten Tag. Ich habe fast 24 Stunden geschlafen. Die Kopfschmerzen sind weg, doch ich bekomme kaum Luft. Mit einer großen Kanne Tee falle ich auf die Liege. Der Stress der letzten Woche fordert seinen Tribut. Raphaela verzichtet auf ihren freien Nachmittag, William kommt kurz darauf vom Training und hat Max im Schlepptau. Danke Mona. Max diagnostiziert eine beginnende Lungenentzündung und verordnet absolute Ruhe. „Wie soll das gehen, bei fünf Kindern?", stöhne ich. „Wir sind ja auch noch da. Und wir bleiben, bis du wieder fit bist", beruhigt mich Achim und ich gebe mich geschlagen.

-W-

Es hat sie ganz schön erwischt. Wenn Jess von sich aus Ruhe gibt, ist sie wirklich fertig. Die

Kids merken schnell, dass es ihrer Mutter nicht gut geht und versuchen, leise zu spielen. So vergehen sieben Tage, dann stellt sich eine Verbesserung ein. Sie erscheint blass und schwach am Frühstückstisch und schafft, es einen Toast mit Rührei zu essen. Und das um 7:00 Uhr, eine für sie untypische Zeit. Aber ein Beweis, dass es aufwärtsgeht. Max will sie heute noch einmal untersuchen, also fahren sie und Dad mit mir ins Training. Ich sehe in Richtung Praxis. So zerbrechlich habe ich sie noch nie gesehen, doch als sie wieder heraus kommt, lächelt sie. „Kann ich kurz?", frage ich den Torwarttrainer, der mich mit einem Nicken entlässt. „Bin gleich wieder da." Jessica steht am Spielfeldrand, an meinen Vater gelehnt, der den Arm um sie gelegt hat. „Und?", frage ich. „Keine Lungengeräusche mehr, aber ich brauche noch ein paar Tage", lächelt sie. Ich sehe in Richtung meines Vaters, der schnell nickt. „Dann ab nach Hause mit dir und weiter schonen", grinse ich und gehe zurück ins Training. Ahmet nimmt mich mit, und sein Blick zeigt seine Sorgen deutlich:„Wenn ihr Hilfe braucht, meldet ihr euch. Wir machen uns Gedanken." „Braucht ihr nicht, es geht aufwärts. Aber über einen Besuch würde sie sich jetzt sicher freuen", lächle ich den Freund an, „meine Eltern helfen solange, bis sie wieder völlig genesen ist." Jessica liegt auf dem Sofa und die Kinder spielen vor ihr auf dem Boden. Unser Wohnzimmer sieht aus wie nach einem Bombenangriff. Als ich die Kleinen zum Aufräumen auffordere, legt meine Frau sofort Veto ein: „Lass sie spielen, bitte. So bin ich wenigstens in ihrer Nähe." „O.k., eine Stunde, danach wird aufgeräumt." „Einverstanden", kommt von den Kindern. Ich setze mich hinter meine Frau, sie lehnt sich an und wir sehen ihnen beim Spielen zu. Nach einer Stunde räumen wir auf, Jess rollt sich auf der Couch zusammen und schläft ein.

-J-

Langsam nervt es, ich hebe meine kleine Tochter hoch und merke, wie mir die Luft wegbleibt. Zwei Wochen später ist es dann endlich so weit, ich bin vollständig gesund und genieße den ersten Weg zum Kindergarten und langsam schlendere ich wieder zurück. Ich habe in den letzten Wochen fünf Kilos abgenommen, was mich meiner Figur vor der Schwangerschaft näher bringt. Williams Sorgenfalte verschwindet, er behandelt mich aber weiterhin vorsichtig. Ich stehe unter der Dusche und bemerke seinen Blick. Die ausgestreckte Hand lehnt er kopfschüttelnd ab, also kehre ich ins Schlafzimmer zurück und schlüpfe in meinen Schlafanzug. Er folgt mir und sieht mich liebevoll an: „Glaub mir Liebling, ich will es genauso sehr wie du, aber wir sollten noch etwas warten." „Schatz, du hast Max gehört, ich bin wieder völlig gesund", versuche ich ihn zu überzeugen, „fünf Wochen sind genug." „Offensichtlich bist du wirklich wieder fit", feixt er, „unersättlich." Seine Hände umschließen meinen Po, er hebt mich hoch und dirigiert uns zum Bett, wo er mich vorsichtig ablegt. Langsam schlüpft er aus seiner Jeans und legt sich daneben. Sanft streicht er über meine Brüste, die sofort reagieren. Er lässt sich Zeit und zieht seine Hände schnell zurück, als ich huste. „Alles gut, mach weiter", fordere ich ihn auf. Was er auch tut. Doch er ist sehr vorsichtig und ich vergehe unter seinen Berührungen. Endlich kann ich ihn überzeugen, zu mir zu kommen. Er wirft die Bedenken über Bord und befriedigt mich vollends.

Rücktritt

-W-

Sie ist schnell wieder die Alte und das Familien-
leben normalisiert sich. Die Saison nähert sich
dem Ende zu, nicht so erfolgreich wie letztes
Jahr, aber trotzdem gut. Die WM steht an und ich
bin mir immer noch nicht sicher, ob ich daran
teilnehmen werde. Während Jess Krankheit war
das kein Thema, aber jetzt wird es Zeit, eine Entscheidung zu treffen. Ich lade meine Frau zum
Essen ein. Beim Nachtisch komme ich schließlich
zum Punkt. Jess atmet tief ein: „Endlich- wird
schön langsam Zeit, oder meinst du nicht?" Ich
lächle sie an: „Schon, aber ich habe keine Ahnung, wie ich mich entscheiden soll", stöhne ich.
„Also gut, was spricht dafür? Und was dagegen?", grinst sie. Ich hole tief Luft: „Der wichtigste Grund dagegen ist meine Motivation."
„Gut, ein Rücktritt ist also klar. Nun stellt sich
die Frage- Wann? Vor der WM oder danach?",
fragt sie leise, „Egal, wie du dich entscheidest,
ich stehe hinter dir. Aber ich werde die Entscheidung nicht für dich treffen." Na super, nun bin ich
genauso schlau wie zuvor. „Wenn ich zurücktre-
te, könnten wir endlich unsere Hochzeitsreise

nachholen, und danach mit den Kindern in Urlaub fahren," ein neues Argument. „Klingt verlockend, aber wir hätten danach auch noch drei Wochen, eine für Venedig und zwei mit den Kindern", ihre Stimme ist leise. „Du machst es mir sehr schwer, Liebling", murmle ich, „Ich bin immer noch keinen Schritt weiter." „Sorry, soll ich dir einen Grund nennen, der dagegen spricht? Wenn du mitfährst, gibt es 4 Wochen keinen Sex", allein der Satz weckt Verlangen. „Aber für dich auch nicht", meine Stimme ist rau, „hilft auch nicht." „Bis jetzt konntest du mir noch keinen Grund nennen, der dafür spricht. Also warum zögerst du? Ich merke doch, dass du keine Lust hast. Willst du den Titel mitnehmen?", meine Frau ist gnadenlos. „Den Titel", lache ich auf, „wir haben gegen Österreich 0:4 verloren, und in der Quali hat es auch gerade so gereicht. Und Martin fällt jetzt auch noch aus, der wird am Meniskus operiert." Wieder ein Contra Punkt. Jess greift nach meiner Hand. „Deine Entscheidung steht doch schon lange fest- gesteh es dir einfach ein."Sie hat Recht, seit Nürnberg weiß ich, dass ich aufhören werde. „Gut, dann ist das geklärt. Dann muss ich morgen wohl dem Bundestrainer Bescheid geben. Und der Presse", grinse ich sie an, „Begleitest du mich?"Sie nickt und drückt meine Hand.

-J-

Am Morgen danach beruft der Verein eine Pressekonferenz ein. Der Bundestrainer ist ebenfalls vor Ort. Das Gespräch mit ihm war unterkühlt. Nun sind wir in der Arena und William, Martin, der Vereinstrainer und der Bundestrainer sitzen vor der Presse. Dieser setzt an und erklärt, dass beide nicht an der WM teilnehmen. Die Pressevertreter sind totenstill geworden und erwarten eine Aufklärung. Martin erläutert seine Verletzung und nun richten sich die Blicke auf Will. „Ich werde nicht nur nicht an der WM teilnehmen, ich erkläre hiermit, meinen Rücktritt aus der Nationalmannschaft", beginnt er. „Hat das mit dem angespannten Verhältnis zwischen ihnen und dem Bundestrainer zu tun?", dass diese Frage kommt, war klar. William sucht meinen Blick und ich nicke ihm zu. „Meine Entscheidung hat hauptsächlich persönliche Gründe. Wie sie wissen haben meine Frau und ich mehrere Kinder. Mir ist einfach klar geworden, dass die Familie für mich wichtiger ist. Es ist einfach Zeit, zurückzutreten." „Aber warum vor der WM?", die Reporter scheinen die Nachricht langsam zu verarbeiten. „Meine Frau war die letzten Wochen schwer erkrankt und sie müsste das alles alleine stemmen. Deshalb haben wir beschlossen, dass die Zeit für einen Rücktritt richtig ist." „Aber die Stimmung zwischen ihnen ist angespannt?", geht die Frage an den Bundestrainer, „Oder warum, durfte Will gegen Österreich nicht spielen?" Will sieht den Trainer herausfordernd an. „Wenn er zurücktreten will, dann soll er das tun. Ich zwinge niemanden, unter mir zu spielen." Martin und Will sehen sich grinsend an und dieses kleine Mienenspiel genügt, um die Presse ins Bild zu setzen. Und der Vereinstrainer nimmt kein Blatt vor dem Mund. Am Tag darauf ist in allen Zeitungen zu lesen "Will Karl beendet seine Karriere in der Nationalmannschaft- ist das Verhältnis zum Trainer schuld?" Wir grinsen vor uns hin, als wir die Artikel lesen. „Wo fahren wir denn nun in Urlaub hin?", frage ich lächelnd. „Erst einmal nach Venedig und dann mit den Kindern ans Meer", schlägt William vor, „Deine Mutter passt auf die Kinder auf." „Schön langsam bekomme ich ein schlechtes Gewissen, wenn ich immer unsere Eltern einspanne", murmle ich halbherzig, „nur um dich eine Woche nur für mich zu haben." „Sieben Tage vergehen schnell, außer du willst nicht", sein Lächeln lässt das schlechte Gewissen verschwinden. Eine Woche später packe ich den Koffer für unsere Reise. William hat sie als Überraschung ausgelegt, so dass ich nicht genau weiß, was ich einpacken soll, also fliegen die Anziehsachen kreuz und quer in den Koffer.

Flitterwochen

-W-

Endlich geht es los in die Flitterwochen - fast ein Jahr ist inzwischen vergangen, als wir auf dem Weg nach Venedig sind. Rolf fährt uns zum Flughafen und wird uns in zehn Tagen wieder abholen. Um noch drei Tage anzufügen, musste etwas Überzeugungsarbeit geleistet werden. Ich kann meine Frau verstehen, ich werde die Kinder ebenso vermissen, aber nach den Flitterwochen geht es in den Freizeitpark. Wir sitzen Hand in Hand im Flugzeug und Jess lehnt sich an mich. Sie trägt Ihre Lieblingsjeans und ein weißes Shirt und sieht darin fantastisch aus. Von ihrer Krankheit ist nur ihre neue, atemberaubende Figur geblieben. Nachdem wir unser Zimmer bezogen haben, bummeln wir verliebt über den Markusplatz und gönnen uns einen Kaffee. Das Abendessen ist im Hotel reserviert. Jessica schlüpft dafür in das grüne Etuikleid und die passenden Schuhe. Ich freue mich schon darauf, es ihr wieder auszuziehen. Das Mahl ist phänomenal. Jess entscheidet sich für das Meeresmenü mit Fischsuppe, Hummer und Seeteufel, mir ist Fleisch lieber, also gibt es Spargelcremesuppe und Steakvariationen. Bei der Nachspeise fragt sie dann doch nach. „Was hast du für die Tage geplant?" Ich lache auf: „War ja klar, dass du dich nicht überraschen lasen kannst. Gut, wenn du willst..." Sie schüttelt den Kopf: „Nein, schon gut. Ich gebe mich ganz in deine Hände." „Ganz?" Sie nickt: „Ganz."Ich winke den Ober heran und zahle die Rechnung. Kaum ist die Tür ins Schloss gefallen, greife ich nach dem Kleid und ziehe es ihr über den Kopf. Dabei bemerke ich die Herzkette, die ich ihr zum Einzug geschenkt habe. Das ist jetzt beinahe zwei Jahre her. Jess legt mir die Hand auf die Brust. „William, alles in Ordnung?", fragt sie leise. Ich lasse den

Anhänger los und sehe sie an: „Ja schon, ich habe nur gerade an den Tag gedacht, an dem ich dir die Kette geschenkt habe. Nur eine Phase der Sentimentalität." „Romantiker", kichert sie, „lange her. Seitdem ist eine Menge passiert." Meine Hände wandern weiter nach unten, bis ich ihre Brüste erreiche. Sanft streiche ich über die Knospen, die sich sofort unter dem Spitzen-BH abzeichnen. Ich nehme eine zwischen die Zähne und beiße vorsichtig zu. Meiner Frau entfährt ein leiser Schrei, also lege ich die Hand in ihren Schoß und schicke die Finger auf Wanderschaft. Sie biegt sich mir entgegen und fleht mich an, sie zu erlösen. Also dringe ich ihn sie ein. Wir geben uns unserer Leidenschaft hin und die Gedanken an früher sind verschwunden. Am Morgen danach steht meine Frau unschlüssig vor dem Kleiderschrank. „Wir sind nicht viel zu Fuß unterwegs, Sandalen sind o.k.", helfe ich ihr etwas. Sie strahlt mich an: „Das heißt, eine Gondelfahrt? Wirklich?" „Dafür ist man doch schließlich in Venedig, oder? Wir besichtigen Venedig vom Wasser aus", es fasziniert mich immer wieder, dass meine Ehefrau mit so einfachen Dingen zu begeistern ist und jeden in ihre Begeisterung hineinziehen, vermag. Sie

erscheint mit einer bunten Sommerhose und wei-
ßem Shirt und nach einem kurzen Frühstück im
Zimmer, steigen wir in die Gondel. Der Gondoli-
ere spricht perfekt Deutsch und bringt uns seine
Stadt näher. Jess macht sich ab und zu Notizen.
Als sie meinen fragenden Blick bemerkt, grinst
sie: „Diese Orte will ich näher betrachten." „Einverstanden. Geht das mit den Schuhen?",stimme
ich ihr zu. „Klar", kichert sie, „und wenn nicht,
dann musst du mich tragen." „Jederzeit, Liebling." Nach dem Mittagessen geht es zu Fuß weiter. Wir beginnen erneut am Markusplatz mit dem
Markusdom, dem Markusturm und dem Dogen-
palast. Danach bummeln wir durch die Läden der
Rialtobrücke. Da es mitten unter der Woche ist,
halten sich die Touristenmassen im Rahmen und
wir entdecken einen alten Buchladen, wo Jess in
ihrer eigenen Welt abtaucht. Ich lasse sie kurz
allein und kehre zu dem kleinen Juwelier nebenan
zurück, um für meine große Liebe einen Ring zu
erstehen. Eine Viertelstunde später treffen wir uns
am Teatro La Fenice. Jess studiert das Programm
für den Abend und nach einem Blick auf mich
kaufe ich zwei Karten. Wir kehren ins Hotel zurück und ich sehe zu, wie sie in der Hotelboutique

auf die Suche geht. Ich hole meinen Anzug heraus und warte auf ihre Rückkehr. Sie verschwindet im Bad und kommt kurz darauf in einem dunkelroten Vokuhilakleid zurück. Als sie in ihre hohen Schuhe schlüpft, bemerke ich, dass sie halterlose Strümpfe trägt. Ich konzentriere mich auf das Binden meiner Krawatte, um das Verlangen in den Griff zu bekommen. Ich streife ihr den zarten, weißgoldenen Ring mit dem kleinen Stein über den rechten Ringfinger und der Stein leuchtet mit ihr um die Wette. Das Abendessen fällt heute etwas kürzer und nicht so opulent aus. Der Opernbesuch ist bombastisch und wir fallen gegen Mitternacht todmüde ins Bett.

-J-

Als ich am Morgen erwache, sehe ich, wie William die Koffer packt. „Ist etwas passiert?", frage ich atemlos. „Nein, keine Sorge, wir ziehen nur weiter - wir fahren nach Pisa und von da aus nach Rom", lächelt er, „Mist, jetzt ist die Überraschung zerstört." Ich falle ihm erleichtert und begeistert um den Hals und zwei Stunden später sitzen wir im Zug nach Pisa und beziehen dort ein Zimmer mit Blick auf den schiefen Turm. Ich würde gerne sofort wieder los, aber mein Mann überzeugt mich, dass wir genügend Zeit haben, so dass wir später in Richtung „ Botanischer Garten" starten, wo wir einen ruhigen Nachmittag verbringen und bei Sonnenuntergang an der Ponte di Mezzo entlang bummeln. Zum Abschluss gönnen wir uns in einem kleinen Restaurant eine Pizza, Salat und eine Flasche Rotwein. Zurück in unserem Zimmer betrachte ich den Turm, der Morgen als Erstes auf dem Besichtigungsprogramm steht. William tritt hinter mich und legt die Arme um meine Taille, so dass ich mich anlehnen kann. Sanft küsst er meinen Nacken und sorgt damit sofort für ein Ziehen im Unterleib. Ich drehe mich zu ihm und küsse ihn. Er steigt schnell darauf ein und zieht mich ins Zimmer, wo er uns in Windeseile von unserer Kleidung befreit. Mein Körper ist sofort bereit und er hält sich nicht lange mit einem Vorspiel auf. Er dringt in mich ein und wir kommen schnell zum Höhepunkt. Er sieht mich zärtlich an, ich schmiege mich an ihn und als er fragt: „Nachschlag?", nicke ich. Er nimmt eine Brust zwischen die Zähne und beißt sanft zu. Ich stöhne auf und er streicht an meinem Bauch nach unten, bis er meinen Schoß erreicht. Vorsichtig dringt er mit dem Finger in mich ein und führt mich erneut zu einer phänomenalen Befriedigung. Ich greife nach seiner Erregung und fahre langsam auf und ab. Er rollt mich auf den Bauch und kommt von hinten zu mir. Ein kurzer Schmerz durchfährt mich, bevor mich die Welle der Lust überrollt und er sich in mir ergießt. Schwer atmend liegen wir nebeneinander und ich sehe ihn lächeln. „Wow, Ehefrau, das war phantastisch", stößt er hervor, „Seit wann bist du so unersättlich?" „Wie? Keine Ahnung?", murmle ich und schlafe kurz darauf ein. Die Nacht ist schnell vorbei und wir machen uns früh auf dem Weg zum Turm, um dem großen Run aus dem Weg zu gehen. Der Platz ist leer, so dass wir ohne Wartezeit die Sehenswürdigkeit besichtigen können. Von oben verschaffen wir uns einen Überblick über die weiteren Orte, die wir Stück für Stück besuchen. Den Dom, das Pisa Baptisterium und die Pisa Basilica Romania, die etwas außerhalb liegt. Am Pisa Piazza del Vetto vagile, dem Platz der Versorgung, decken wir uns mit italienischen Spezialitäten ein, die wir auf dem Balkon unseres Hotelzimmers genießen. Dabei betrachten wir die unendlich scheinenden Besucherströme am schiefen Turm, die auch dann nicht verebben, als die

Tür sich schließt. Wir schicken ein Bild an die Kinder und telefonieren kurz mit ihnen. Die Bande genießt das Zusammensein mit den Großeltern und wir runden den Tag mit einem romantischen Spaziergang ab. William hat für die restlichen Tage ein Cabrio gemietet, das uns nach Rom und Verona bringt. Früh am Morgen geht es los, die fast 400 km schaffen wir in knapp 4 Stunden. William steuert das Hotel an und der Concierge bringt uns und das Gepäck auf das Zimmer.

-W-

Jess sieht müde aus, so dass ich die Besichtigungen von heute auf morgen verschiebe. Ich drücke ihr den Reiseführer in die Hand und überlasse das Programm der nächsten zwei Tage ihr. Trotz der Müdigkeit ist der Sex heftig und wir starten erst spät zur Besichtigung, beginnend am Kolosseum. Weiter geht es zum Palatin, einem der sieben Hügeln Roms, dem Forum Romanum, dem vatikanischen Museum, dem Petersdom und der Engelsburg. Die Ewige Stadt begeistert uns beide. Am nächsten Tag führt und der Weg von der Villa Borghese zur Gruft in der Conventoder Frati Cappuccini- leicht gruselig, danach zur spanischen Treppe und zum Trevibrunnen. An der Trojansäule sind wir dann richtig fertig. Die Füße schmerzen und Jess hat einen leichten Sonnenbrand an den Schultern. Vorsichtig verteile ich die Lotion auf ihrem Rücken. Sie stößt einen leisen Schrei aus, als die Kühle den aufgeheizten Körper trifft. Ich lächle und werde mutiger. Meine Hände wandern zu ihrem Bauch und sie lehnt sich an mich. Langsam fahre ich nach oben, massiere ihre Brüste und merke, wie das Verlangen wächst. Ruckartig dreht sie sich um, drückt mich aufs Bett und entledigt mich meiner Shorts. Sie setzt sich auf mich und nimmt mich tief in sich auf. Die Erlösung kommt schnell und heftig und sie sinkt auf meinen Körper, ohne dass ich mich aus ihr entferne. Eine kurze Bewegung reicht und ich werde erneut hart. Ich rolle uns herum und übernehme das Kommando. Sie beißt sich auf die Lippen und steigt mit ein. Kurz bevor sie kommt, ziehe ich mich ein Stück zurück und sie stöhnt auf. „William. bitte", bittet sie und ich erlöse sie. Der Zimmerservice bringt uns die Pasta, den Wein und Eis und wir setzen uns auf den Balkon. Jess wirft sich den Bademantel über, der beim Essen aufspringt und den Ansatz ihrer Brüste freigibt, was es mir schwer macht, mich auf die

Mahlzeit zu konzentrieren. Sie bemerkt meine Unruhe und lächelt. Sie scheint einer Fortsetzung nicht abgeneigt und so erfülle ich ihr den Wunsch.

Neuigkeiten

-J-

Das letzte Ziel unserer phänomenalen Hochzeitsreise ist Verona und der Gardasee. Mit einer Menge Fotos und Eindrücken sitzen wir nun im Flugzeug nach Hause. Der Empfang zuhause ist überschwänglich, vor allem die Kleinen und Alex sind froh, uns zu sehen. Ich unterhalte mich mit Mum über die letzten Tage und erfahre, dass Alexander Angst hatte, dass wir nicht wiederkommen. Mein armer Kleiner. Ich mache mich auf die Suche nach ihm und finde die Kinderzimmertür geschlossen. Ich klopfe und öffne vorsichtig die Tür. „Darf ich?", frage ich. Er nickt, bleibt aber auf seinem Bett sitzen, den Bären an sich gepresst und Tränen in den Augen. „Was ist denn los?", frage ich leise und sinke an das andere Bettende. Er schüttelt den Kopf und nun laufen die Tränen über sein kleines Gesicht. „Oma hat erzählt, du hattest Angst, dass wir nicht wiederkommen", helfe ich ihm. „Wieder alleinlassen", stößt er hervor. Ich schließe ihn fest in meine Arme und bin ebenfalls den Tränen nah. „Ich lasse dich nicht allein und Papa auch nicht, wir haben dich lieb. Und wir sind wieder da." Er klammert sich an mich. „Ich bin ein böses Kind- keiner hat mich lieb", jetzt kommt seine Vergangenheit doch ans Licht. „Nein, mein Schatz, du bist kein böses Kind - schau mal, was du im Arm hast. Leon hat dir erklärt, was er bedeutet, oder?" Er nickt. „Es ist ein Familienbär, jedes Karl- Kind hat so einen. Er ist ein Zeichen, dass wir zusammen gehören- immer", langsam beruhigt er sich so weit, dass wir nach unten gehen können. William, von Mum in Kenntnis gesetzt, zieht den Kleinen auf seinen Schoß. „Alles gut, mein Sohn?" Nun nickt Alex und kurz darauf tobt er wieder mit seinen Geschwistern durch den Garten. Sophie sitzt vor mir auf dem Boden und schafft es, sich ohne Hilfe hinzustellen. Sprachlos sehe ich meine Eltern an. Vor unserer Abreise mussten sie sich noch mühsam an den Möbeln hochziehen. Dad grinst mich an und setzt Florian ab, der unsicher einen Schritt macht. Meine zwei Schätze laufen und ich habe es verpasst. „Erst seit gestern und nur einen Schritt", beruhigt mich Dad.

-W-

Verdammt! Ein kurzer Blick in Richtung meiner Frau genügt. Sie hat den ersten Schritt unserer Kleinen verpasst. Sie lächelt zwar, aber das Strahlen erreicht ihre Augen nicht. Ich folge ihr in die Küche. „Jess, es tut mir leid. Wenn ich nicht auf eine Verlängerung bestanden hätte..." Sie dreht sich nicht um, aber ihre Stimme ist erstaunlich fest. „Alles gut, Schatz, ich habe unsere Reise echt genossen und es ist nur ein Schritt. Es werden weitere folgen. Und die bekommen wir auch mit. Und Alex wird sich auch wieder beruhigen",antwortet sie. „Liebling, bitte, sieh mich an", fordere ich und sie dreht sich langsam um. „Wirklich William, ich bin o.k. Gut, es hätte mich gefreut, wenn der erste Schritt in meiner Gegenwart stattgefunden hätte. Aber es hätte ja auch passieren können, wenn ich auf dem Weg in den Kindergarten oder Schule bin. Was wäre dann anders?" „Du bist mir also nicht böse?" „Ich dir böse? Für die tollen Flitterwochen? Ich habe die ersten Worte, das Hochziehen und mehr mitbekommen. Die ersten Schritte – war ja klar, dass die irgendwann kommen mussten. Sie sind elf Monate alt, also alles gut. Irgendwann werden sie uns davon laufen", sie scheint es ernst zu meinen, „nimmst du den Kaffee mit raus, ich folge mit dem Kuchen."Gemeinsam gehen wir auf die Terrasse und genießen meinen Lieblingskuchen, den Maria extra für uns gebacken hat. Vier Tage später sind wir auf dem Weg nach Paris. Wir haben lange darüber diskutiert, wie wir hinkommen und uns schließlich für das Auto entschieden. Wir starten am Abend, so dass die Kinder schnell einschlafen und wir die 800 km ohne Übernachtung schaffen. Am Park angekommen werden wir von den ersten Disneyfiguren empfangen, die uns die nächsten Tage begleiten. Die Kinder sind überwältigt und wir beschließen nach einer Woche, wieder zu kommen, wenn die Kleinen größer sind.

-J-

Die zweite Woche verbringen wir bei den Schwiegereltern in Hamburg. Die WM startet und die Spiele werden verfolgt. Gegen die Niederlande kassieren sie dann gleich mal eine Niederlage. Ich kann mir das Grinsen nicht verkneifen und William lächelt. Das Thema Will Karl wird wieder lauter und über die Rücktrittsgründe wird weiter spekuliert. Einer der Experten meint sogar, Will möchte mit der desaströsen Leistung der Mannschaft nicht in Verbindung gebracht werden. Doch so abgebrüht wie William wirkt, ist Will nicht. Seinen Rücktritt auf die miserable Mannschaftsleistung zu reduzieren, gefällt ihm nicht. Und schon läutet sein Handy, er sieht auf das Display und verschwindet im Garten. Ich runzle die Stirn und folge ihm kurz darauf. „Ich als Experte beim nächsten Spiel? Ist das eine gute Idee?", er entdeckt mich und ich nicke. „Ja, ich bin sowieso in Hamburg, das wäre kein Problem na gut, ich mach es." „Ist das für dich in Ordnung?", fragt er nach. „Klar doch. Vielleicht solltest du dir überlegen, was du preisgeben willst. Meine Krankheit ist o.k., aber wie wäre es mit etwas mehr Details ? Warum machst du daraus ein Geheimnis?", antworte ich lächelnd. „Ich denke darüber nach", kommt von meinem Mann, „wenn sie das auch verlieren, sind sie weg. Ich habe es dir gesagt. Von Titel holen ist keine Rede." „Wie geht es dir, dabei zuzusehen?", will Achim wissen, der ebenfalls nach draußen tritt. „Ganz gut. Ich dachte, es würde mir mehr ausmachen", lächelt William, „mal sehen, wie es übermorgen ist."

-W-

Zwei Tage später fahren mein Vater, Jess und ich ins Volksparkstadium. Während ich im Bereich der Reporter verschwinde, sitzt die Familie nicht weit von mir im Zuschauerbereich, beide haben es sich nicht nehmen lassen, das Karl Trikot anzuziehen. Das Spiel ist noch schlechter, als das vorherige. In dem Moment bin ich froh, nicht mitzuspielen. Ich sehe Jess Lächeln vor mir, v.a. da das Ausscheiden nach der Vorrunde feststeht. Und das Hamburger Publikum ist gnadenlos, ein lautes Pfeifkonzert verfolgt die Mannschaft, die nach dem Spiel schnell in der Kabine verschwindet. Als der Bundestrainer zu uns stößt, versuche ich einen professionellen Eindruck auszustrahlen. Doch er scheint sich in meiner Gegenwart sehr unwohl zu fühlen. Gut, das Aus in der Vorrunde kann auch sein sein Aus bedeuten. Und wie befürchtet, kommt die Frage, ob ich zurückkehren würde, wenn ein Trainerwechsel stattfinden würde. Ich lächle: „Nein, mein Ende ist endgültig. Ich spiele im Verein und bin sonst Familienvater und Ehemann. Das sind die neuen Prioritäten in meinem Leben." Jess und Dad warten bereits auf mich. Sie lächelt und antwortet auf die Frage eines Reporters: „Es ist und bleibt Wills Entscheidung, die ich zu 100% mittrage. Aber die Familie freut sich, wenn der Vater mehr Zeit hat." Den Rest der Woche verbringen wir als Familie, nur an einem Nachmittag schnappe ich mir meine großen Jungs und gehe mit ihnen ins Miniaturland. Ein echter Männerausflug. Vroni fordert nun ebenfalls einen Tag mit mir allein, ein Wunsch, den ich ihr gern erfülle. Auf Vorschlag von Mum geht es auf einen Ponyhof, was bei unserer Tochter den Wunsch nach Reitstunden hervorbringt. Jess ist davon nicht so begeistert, da sie ein logistisches Problem befürchtet. So muss unsere Perle den Führerschein machen. Ich weiß, dass sie darauf schon länger spart, nun zahlen wir ihn. Raphaela sträubt sich wie immer, wenn wir etwas übernehmen, doch einmal Mal lasse ich keinen Widerspruch zu. „Dieses Mal wirst du es annehmen, die Kinder haben Pläne und die sind nicht alle mit dem Fahrrad zu verwirklichen."

Geheimnisse

-J-

Florian und Sophie feiern ihren ersten Geburtstag und unser Haus wird wieder voll. Die Elternpaare, und dieses Mal auch Johannes und Sarah als Paten. Noch ist Sommerpause und William kann mir helfen. Ich bin sicher, dass unsere Flitterwochen nicht ohne Folgen geblieben sind. Aber das ist mein Geheimnis, jetzt ein weiteres Kind-ich weiß nicht, ob ich mich darüber freue. Und solange es nicht sicher ist, will ich es niemanden sagen. Die Geburtstagsparty ist ein voller Erfolg, unsere Kleinen halten sich inzwischen sicher auf den Beinen und laufen schon ein paar Schritte selbstständig. Sophie plappert ständig vor sich hin, Florian ist eher der Denker, dafür erkundungsfreudiger. Je mobiler er wird, desto mehr hält er uns auf Trab. Raphaela zieht das Thema Führerschein konsequent durch und wird bald ihre Prüfung ablegen. Im Moment läuft alles blendend, nur mein Zustand könnte uns einen Strich durch die Rechnung machen. Der Schwangerschaftstest liegt ungeöffnet in der Tasche, irgendetwas hält mich zurück. Ich wollte immer eine große Familie, aber so schnell? Ich liege neben meinem Mann, konzentriert auf seine re- gelmäßigen Atemzüge achtend. Dass er sich dar- über freuen wird, ist klar. „Alles o.k.?", höre ich ihn plötzlich, „kannst du nicht schlafen?" „Ich weiß nicht", antworte ich wahrheitsgemäß, „ich hole mir schnell ein Glas Wasser." Als ich wieder nach oben komme, zieht er ich in seine Arme und wir schlafen ein. Am Morgen sieht er nur fragend in meine Richtung, lässt mich aber allein. Er deckt den Tisch, während ich das Frühstück vor- bereite. „Hast du ein Taschentuch?", fragt er, und ohne nachzudenken, antworte ich geistesabwe- send: „In der Handtasche." Kurz darauf steht er mit versteinertem Gesicht vor mir und hält die Packung unter meine Nase. „Muss ich etwas wis- sen?", presst er hervor.

-W-

Ich sehe, wie die Farbe aus ihrem Gesicht weicht. „Oh shit", flüstert sie. Warum spricht sie nicht mit mir? „Es ist nur ein Gefühl", sie antwortet mit ihrer typischen, leisen Stimme, wie immer, wenn sie nervös ist, „noch ist nichts klar." Sie macht eine längere Pause, „.....und es ist...." Ich schüttle den Kopf und kehre zurück ins Esszimmer. Aus Angst, etwas Falsches zu sagen, entziehe ich mich der Situation. Jess fühlt sich nicht wohl- was immer ihr Grund für das Schweigen ist, ich sollte es akzeptieren. Beim Frühstück ertappe ich sie dabei, wie sie mich mustert. Ich schenke ihr ein Lächeln und sie lächelt scheu zurück. Ich schicke Raphaela mit den Kindern in den Garten und ergreife die Hand der geliebten Frau. Sie sträubt sich, doch ich nütze meine körperliche Überlegenheit aus und ziehe sie in das Badezim- mer. Gemeinsam warten wir auf das Ergebnis und ich beobachte Jess genau. Bei den Zwillingen war sie geschockt und auch jetzt habe ich das Gefühl, sie würde sich nicht freuen. Als es piepst, hält sie mir den Test hin, ohne hinzusehen. Ich sehe auf das Ergebnis und nicke meiner Frau zu. Dicht vor ihr stehend, berühre ich sie nicht. Sie nimmt mir den Test ab und in ihre Augen treten Tränen. O.k., sie freut sich nicht. „Liebling?", versuche ich vorsichtig und sie versucht ein Lächeln: „Aber dann ist es genug. Wir hätten vielleicht verhüten sollen." „Was immer du willst", flüstere ich. „Sag den anderen noch nichts,bitte", fordert sie und ihre Stimme wird fester, „erst wenn es betätigt ist." Ich nicke erneut, strecke ihr die Hand hin und sie lehnt sich an mich. „Oh Mann, jetzt sind es bald sechs", murmelt sie an meiner Brust, „das geht ja schneller als gedacht." „Ich glaube, wir müssen irgendwann mal daran denken, Raphaela zu entlasten", flüstere ich in ihr Haar, „und dich natürlich auch." Entrüstet rückt sie ein Stück von mir ab: „Ich schaff das schon!" „Natürlich,Liebling, so habe ich das ja auch nicht gemeint",erneut ein Fettnapf, „aber da kommt einiges auf uns zu." „Solange es dieses Mal nur eines ist. Ein Mädchen wäre toll", lächelt sie nun. „Eine weitere Prinzessin? Jederzeit-aber auch ein Prinz wäre willkommen", grinse ich. „Natürlich", ihre Stimmung steigt. Und auch meine ist super, wenn mir vor zwei Jahren jemand erzählt hätte, dass ich einmal sechs Kinder haben würde, hätte ich denjenigen für verrückt erklärt.

Bitte nicht

-J-

Ich bin jetzt im dritten Monat schwanger und noch weiß es außer William und mir niemand.

Irgendetwas hält mich davon ab und er hat versprochen, den Zeitpunkt mir zu überlassen. Ich erwache eines Morgens mit krampfartigen Bauchschmerzen und Blutungen. „William, wach auf schnell-bitte- irgend etwas stimmt nicht", stöhne ich. Mein Mann ist sofort auf den Beinen und innerhalb kürzester Zeit sind wir auf dem Weg in die Klinik. Er hilft mir aus dem Auto,nimmt mich auf seine starken Arme und trägt mich in die Notaufnahme. „Mein Kind"-, stöhne ich, „bitte nicht." Die Untersuchung ist gründlich und der Gesichtsausdruck der Ärztin wird immer ernster. Mir schießen Tränen in die Augen und obwohl William meine Hand hält, ist er mir keine große Hilfe. Nach endlosen Minuten schüttelt die Ärztin den Kopf. „Es tut mir leid Frau Karl, aber ich kann nichts mehr für ihr Kind tun. Sie werden es verlieren." „Aber bis gestern war doch noch alles in Ordnung", presst William hervor. „Es tut mir leid für sie", die Stimme der Ärztin dringt nur noch dumpf zu mir durch, „wir müssen eine Ausschabung durchführen, nur so sind weitere Kinder möglich." William nickt und während ich auf die kleine OP vorbereitet werde, ruft er Sylvia an und setzt sie ins Bild.

-W-

Sylvia erklärt sich sofort bereit zu helfen. Ich tigere vor dem OP hin und her und mit jedem Schritt wachsen die Ratlosigkeit und die Angst um meine Frau. Plötzlich legt mir jemand die Hand auf die Schultern. Ich drehe mich um und stehe Ahmet gegenüber. Die Verzweiflung entlädt sich in einem Stöhnen. „Was um Himmels Willen ist denn passiert? Sylvia hat mich auf dem Weg ins Training angerufen und gemeint, du könntest meine Hilfe brauchen. Ist etwas mit Jessica? Ich habe uns beim Trainer entschuldigt", Ahmet stammelt vor sich hin. „Danke. Jess hat unser Kind verloren und jetzt wird sie operiert", flüstere ich, „Jemand muss meine Schwiegereltern anrufen." „Gib mir dein Telefon, ich mach das für dich", erklärt sich der Freund bereit und führt es gleich aus. „Sie machen sich sofort auf den Weg", er gibt mir das Handy zurück, holt uns einen Kaffee und setzt sich zu mir auf die Bank. Gefühlte Stunden später erscheint die Ärztin. Ich merke, wie die Stimme bricht: „Und?" Sie sieht Ahmet an. „Mein bester Freund." „Alles so weit in Ordnung. Sie sollte ein oder zwei Tage hierbleiben und sie wird sie brauchen. Das ist für

84

keine Frau einfach", klärt mich die Ärztin auf, „aber weiteren Kindern steht nichts im Weg, in einem halben Jahr etwa. Und Sex erst wieder in sechs bis acht Wochen." Als ob man in so einem Moment an Sex denken würde, aber ich nicke: „Kann ich zu ihr?" „Sie wird in ca fünf Minuten in ihr Zimmer gebracht- Zimmer 324." Wir machen uns auf den Weg. Sie sieht so zerbrechlich aus in dem weißen Krankenbett und ich bin froh, dass sie schläft, wie immer überfordert, wenn sie hilflos wirkt. Ich schicke Ahmet ins Training und sitze an ihrem Bett, als die Schwiegereltern eintreffen. Maria nimmt mich in den Arm und meine Verzweiflung bricht aus mir heraus. Schluchzend klammere ich mich an sie. „Alles wird gut, William"flüstert sie, „wir müssen für sie stark sein." Ich nicke und straffe mich. „William", klingt es kaum hörbar. „Ich bin hier, Liebling", schnell die Tränen aus dem Gesicht gewischt, erst dann trete ich an ihr Bett. Wortlos nehme ich sie in den Arm und sie schmiegt sich an mich. Sie sieht an mir vorbei: „Mum, Dad?" „Wir sind hier Kleine", antwortet Rolf. Die Verzweiflung hat sich in Jess Gesicht festgesetzt, aber außer ihren grünen Augen, sind keine Tränen zu sehen. „Die Kinder?

Wer kümmert sich um die Kinder?", kommt unerwartet. „Sylvia", meint Maria, „Und Dad und ich fahren gleich zu ihnen. Du schonst dich noch etwas, Will bleibt bei dir."Rolf umarmt seine Tochter noch einmal und sie verlassen das Zimmer. Kurz darauf erscheint die Ärztin. „Wie geht es ihnen? Irgendwelche Schmerzen?" Jess schüttelt den Kopf:„Wann darf ich wieder heim?"

„Wenn keine Komplikationen auftreten morgen früh. Aber nur, wenn sie sich an ein paar Anweisungen halten. Nicht zu schwer heben, kein Sport und sechs bis acht Wochen keinen Sex. Und eine eventuelle Schwangerschaft in frühstens einem halben Jahr."

-J-

Ich nicke alles ab, Hauptsache ich komme hier wieder raus. Nach der Untersuchung am Morgen darf ich nach Hause. William hilft mir aus dem Auto und trägt mich ins hinein. Jetzt muss ich schon wieder bemuttert werden. Die Kinder wissen nur, dass Mama nicht geärgert werden darf, weil sie nicht gesund ist. Ich fühle nur Leere, die Kleinen muntern mich aber etwas auf. Übermorgen ist unser erster Hochzeitstag und ich liege schon zum zweiten Mal innerhalb eines Vierteljahres flach. Was für eine......An dem Tag geht es mir körperlich sehr gut, die Schmerzen im Unterleib sind weg und ich schiebe die Gedanken an mein verlorenes Kind von mir. Das Lächeln fällt mir meistens schwer, aber ich habe keine Tränen mehr. William behandelt mich wie ein rohes Ei. Er wirkt immer unsicher, wenn ich zu viele Emotionen zeige, also schlucke ich meinen Kummer hinunter. Berührungen und Umarmungen lasse ich meist stoisch über mich ergehen oder ich weiche aus. So gefangen in dem Schmerz, vergesse ich völlig, dass mein Mann ebenso leidet. Er gibt sich die größte Mühe, heute hat er mit Hilfe der Eltern und der Kinder ein Frühstück gezaubert und ich zwinge mich, etwas zu essen. Der Trainer hat William zwei Wochen trainingsfrei gegeben und von ebenso vielen Ligaspielen freigestellt, um für mich da zu sein. Eigentlich will ich das nicht, nicht reden, nicht getröstet werden, nicht bemuttert,.... William überreicht mir nach dem Frühstück eine DVD, auf der alle wichtigen Moment unserer Liebe zu sehen sind: seine Liebeserklärung, die Geburt der Zwillinge, die Hochzeit, die Adoption und die Kommunion. Darüber freue ich mich wirklich, kann es aber nicht zeigen. William lächelt kurz, unterhält sich dann mit Dad. „Du bist nicht die Einzige, die leidet, meine Kleine." „Ich weiß Mum, aber ich kann nicht..." „Lass ihn an dich ran, Schätzchen, sonst verlierst du ihn." Ich sehe meine Mutter an. „Gemeinsam lässt sich der Schmerz leichter ertragen", meint sie. Ich lache rau auf: „Ihr habt doch keine Ahnung", stoße ich hervor und flüchte in den Garten, weit weg von der Familie und der Hilflosigkeit. Vor der Verzweiflung kann man nicht davon laufen. Ich sinke in der hintersten Ecke des Grundstückes auf die Knie und der Kummer bricht in vollem Ausmaß aus mir heraus. Ich fange an, hemmungslos zu schluchzen.

-W-

Ich komme nicht an sie heran, egal was ich tue, sie entzieht sich mir. Es schmerzt, sie so zu sehen, mehr als der Schmerz über unser verlorenes Kind. Nachts wenn ich die Augen schließe, erscheint die Verzweiflung in ihrem Gesicht. „Wo ist sie?", frage ich Maria. „Irgendwo im Garten. Will- sie leidet, bitte hab etwas Geduld." Ich nicke, schnappe mir eine Zigarette und trete auf die Terrasse. Während ich rauche, suchen meine Augen die Fläche ab, kann sie aber nirgendwo entdecken. Doch dann höre ich ein Geräusch und folge diesem. Jessica sitzt in der Ecke und schluchzt. Mein Herz zieht sich zusammen und ich nähere mich langsam. Sie nimmt nichts wahr, endlich zeigt sie ihren Schmerz. Ich sinke neben ihr auf den Boden und schließe meine Arme um sie. Dieses Mal weicht sie nicht zurück. „Es tut so weh!", stößt sie hervor, „hilf mir!" „Ich bin hier Liebling. Gemeinsam schaffen wir das", antworte ich stockend, „aber du musst mich an dich ranlassen." Ich hebe sie hoch und zusammen begeben wir uns in Richtung Pavillon, wo sie sich erneut aus meinen Armen windet. Wir lehnen beide an der Brüstung und atmen stoßweise, unfähig unseren Schmerz zu kontrollieren. „Es soll leichter werden", flüstert sie mit Tränen, „die Frage ist nur wann. Den Kummer vor den Kindern zu verbergen und sie nicht unter der Situation leiden zu lassen, schafft mich. Wie soll das weitergehen?" „Ich weiß es nicht Jess. Aber wir müssen es versuchen", stöhne ich, „vielleicht würde eine Art Abschiedszeremonie helfen." Sie sieht mich eine Weile fragend an und ich kann ihre Gedanken spüren. Langsam beruhigen wir uns und als ich ihr ein zaghaftes Lächeln zuwerfe, lächelt sie, das erste Mal zurück. Tag für Tag wird es besser und ich starte wieder mit dem Training. Jessicas gute Laune blitzt immer häufiger auf und sie trifft eine Entscheidung. Als ich nach dem Training ins Badezimmer komme, finde ich eine Klarsichtfolie am Waschbeckenrand liegen. Meine Frau ist mir gefolgt und zieht das Oberteil von der Schulter. Dort sehe ich einen bunten, strahlenden Schmetterling auf einer dunkelroten Rose. Dieser ist toll gestochen und sieht aus, als würde er bald davonfliegen. Ich lächle sie an. „Lach nicht, es wirkt", grinst sie, „es tut immer noch weh, aber nun ist Angel immer bei mir, so dass es leichter wird." Angel? „Gute Idee, vielleicht sollte ich das auch ausprobieren." Mein Schmerz zeigt sich eher in einem übertriebenen Trainingseifer, der unseren Torwarttrainer zur Verzweiflung bringt. Am Samstag stehe ich wieder im Tor- Gott sei Dank ist Heimspieltag. Rolf muss zurück in die Kanzlei, aber Maria bleibt noch.

Normalität

-J-

Stück für Stück wird der Schmerz weniger. Je mehr das Tattoo abheilt, desto wohler fühle ich

90

mich. Die OP ist vier Wochen her und mein Frauenarzt ist zufrieden mit mir. Gut, das Verbot nicht zu schwer zu heben, kann ich mit zwei Einjährigen nicht immer einhalten, aber das hat der Genesung nicht geschadet. Und langsam kommt das Verlangen nach Normalität zurück. Und auch das Begehren in Bezug auf meinen Ehemann kehrt wieder. William bleibt eisern. „Acht Wochen hat es geheißen", ist seine Rechtfertigung. Noch einmal achtundzwanzig Tage warten! Doch nachdem wir unser Hochzeitstagsessen nachgeholt haben, küsse ich ihn stürmisch und schiebe die Hände unter sein Hemd. „Jess, nicht", stöhnt er, doch ich höre nicht darauf und öffne seinen Gürtel. Er gibt auf und zieht mir das Kleid über den Kopf. Er holt tief Luft und streicht sanft über die Brust. Ich schmiege mich an ihn und stehe sofort in Flammen. Er wirft mich aufs Bett, öffnet den BH und küsst die Brüste. Ich biege mich ihm entgegen und er ist anscheinend nicht mehr abgeneigt. Doch kurz bevor er in mich eindringt, kommt er zur Vernunft und zieht sich zurück. „NEIN! Jessica, hör auf damit!", er wirft die Decke über mich und kleidet sich langsam wieder an. Ich versuche, mein Verlangen wegzuatmen.

Das Zucken seines Kiefernmuskels ist deutlich zu sehen. „William? Es tut mir leid", ich ziehe das Shirt langsam an und trete zu ihm. Er dreht sich um und schließt die Arme um mich. „Alles gut, wir müssen uns nur noch ein paar Wochen gedulden. Das fällt mir auch nicht leicht. Im Gegenteil, es freut mich, dass du wieder so bist. Aber wenn wir zu viel riskieren, machen wir eventuell mehr kaputt als vorher", beruhigt er mich. Ich nicke zaghaft, verharre aber in seinen Armen. Die Nacht verbringen wir engumschlungen.

-W-

Wow, das war knapp. Ich würde sie am Liebsten die ganze Nacht lieben, aber ich muss vernünftig bleiben. Die Gefahr, sie zu verletzen ist zu groß. Und sie will es ja noch einmal probieren und eine Tochter bekommen. Hoffentlich setzt sie sich nicht zu sehr unter Druck. Die nächsten zwei Wochen vergehen, und bei jedem Kuss wird klar, wie heiß wir aufeinander sind. Ich frage nach dem Training Max nach seiner Meinung. „Noch etwas Enthaltsamkeit könnte nicht schaden. Aber wenn du vorsichtig bist, spricht sicher nichts dagegen. Aber in Maßen und mit Schutz. Eine Schwangerschaft zu dem jetzigen Zeitpunkt könnte gefährlich sein, auch für sie", klärt mich der Arzt auf, „Also passt auf." Eine Gefahr für sie? Oh Gott, alles, nur das nicht. Ich muss mit ihr reden. „Nur wenn wir uns an die Vorgaben halten, geht es", lächle ich. „So schnell will ich noch nicht schwanger werden", grinst sie, „aber die Pille geht noch nicht." „Das ist kein Problem, ich übernehme die Verhütung. Aber es gibt keinen wilden Sex", beruhige ich sie. Am Abend ist es dann so weit. Das erste Mal Sex nach Plan und vorsichtig. Danach sehe ich sie zärtlich an. „Und?", frage ich lächelnd: „Alles o.k.?" „Mmh", murmelt sie, „hat aber nicht so viel Spaß gemacht, wie sonst." Ich kuschle mich an sie: „Es wird wieder anders werden- ungeplant und wild. So wie sonst auch. Nur im Moment ist das eben nicht möglich."

-J-

Puh! Hoffentlich ist das bald vorbei. Sex nach Termin ist nicht mein Wunsch. Ich denke an den Quickie in der Kabine, über den ich mich vor Kurzem noch aufgeregt habe, was gäbe ich jetzt für so einen Moment. Die Jungs haben morgen im Kindergarten eine Aufführung und ich muss die Kostüme fertig nähen. Also schnappe ich mir

Nadel und Faden und fange an. Das Ziehen im Unterleib ignoriere ich. William ist im Training, Vroni in der Schule und die Jungs im Kindergarten. Raphaela nimmt die Zwillinge auf den Spielplatz, so lenkt mich keiner ab. Ich arbeite so vertieft, dass ich das Sperren der Tür nicht bemerke. Erst der heiße Kuss auf meinen Scheitel, lässt mich erstarren. Ich werfe das Nähzeug von mir und lasse mich in Williams Arme fallen. Schnell ist das Feuer da, und er führt uns ins Schlafzimmer. Wir werfen unsere Kleidung davon und lieben uns, ungeplant und doch etwas vorsichtiger. So nähern wir uns Peu a Peu unserem normalen Sexleben an. Heute liegt ein heißersehntes Schreiben im Briefkasten. Alexanders Adoption ist endlich rechtsgültig. Das muss natürlich gefeiert werden. Mitten unter dem Abendessen taucht von einer Seite ein Problem auf, mit dem keiner gerechnet hat. Vroni sitzt mit ernstem Gesicht am Tisch und als Ahmet uns gratuliert, springt sie auf und läuft in ihr Zimmer. Wir sehen uns verdutzt an und ich folge ihr sofort. Sie sitzt weinend auf ihrem Bett, den Teddy fest an sich gepresst. „Darf ich?", frage ich und trete langsam näher. Mit tränenüberströmtem Gesicht sieht sie mich an. „Was ist denn los?", ich sinke auf die andere Seite des Bettes und sehe meine Große an. „Jetzt hast du Alexander lieber als mich und Leon", schluchzt sie. „Was? Wie kommst du denn da darauf?" Sie holt tief Luft. „Maus, was ist los?" Was hat sie nur? „Du hast einen Zettel, dass Alex zu dir gehört. Für Leon und mich gibt es keinen solchen Zettel. Wenn du keine Lust mehr auf mich hast, schickst du mich weg", flüstert sie. Oh mein Gott, das schaffe ich nicht allein. Ich gehe zur Tür: „WILL!"

-W-

Als ihr Ruf ertönt, stürze ich ins Haus. „Jess, wo bist du?", rufe ich. „Bei Vroni", kommt zurück. Zwei Stufen auf einmal nehmend, renne ich nach oben. Meine Frau zieht mich in das Zimmer unserer Tochter, stellt die Ampel auf Rot und schließt die Tür. „Vroni, würdest du Papa bitte noch einmal sagen, was du mir gerade an den Kopf geworfen hast", fordert sie die Kleine auf. „Wenn Mama keine Lust mehr auf mich hat, kann sie mich einfach wegschicken", kommt leise. „Was? Ich verstehe kein Wort", ich sehe meine Ehefrau hilfesuchend an. Jess antwortet nahezu unhörbar: „Wir haben Alexanders Adoptionspapiere. Aber keine, dass sie zu uns gehört. Jetzt hat sie Angst, dass ich sie und Leon weniger lieb habe." „Puh, Maus, Mama hat dich doch genauso lieb, wie die Anderen." „Garnicht wahr", stößt Vroni hervor. Jess sitzt kraftlos auf dem Bett. „Bin gleich wieder da",erkläre ich, öffne das Fenster und rufe Leon, der aufgrund meines Tonfalls sofort angerannt kommt. „Bist du auch der Meinung, dass Mama Florian, Sophie und Alex lieber hat, als dich?", belle ich. „William, bitte", flüstert Jess. Leon wirkt völlig verschreckt, schüttelt aber den Kopf. „Was ist denn los? Mama?" Sie streckt die Hand nach ihm aus und er stürzt sich in ihre Arme, die andere hält sie Vroni hin, aber die bleibt eisern sitzen. „Veronika, das ist nicht fair", murmle ich, „Mama würde alles für dich tun. Sie ähm, wir hätten euch auch bei Paul lassen können. Aber Mama hat sofort zugesagt, eure Mama zu werden." „Ich werde euch niemals wegschicken. Ich habe euch fünf lieb. Alle gleich. Ich habe Alex doch auch nicht weggeschickt, als wir noch keinen Zettel hatten." Langsam rutscht die Kleine näher. „Kann ich nicht auch so einen Brief bekommen?", offensichtlich ist es ihr wichtig. Einer Adoption würde Steffi niemals zustimmen und ich weiß nicht, was ich meiner Tochter anbieten kann. „Wenn es für dich wichtig ist, dann machen wir das", verspricht Jess, „oder William?" Ich nicke, auch wenn ich nicht weiß, wie meine Frau das hinbekommen will. Schließlich stürzt sich die Kleine in die Arme der Mutter und wir können wieder nach unten gehen. Am Abend verschwindet Jessica im Arbeitszimmer und ich höre, dass sie einen Anruf tätigt. Was hat sie vor? Zehn Minuten später kommt sie lächelnd heraus. „Alles erledigt", meint sie. „Wie? Steffi hat doch nicht...?" „Was? Nein, ich habe mit Dad telefoniert. Er wird Schreiben aufsetzen, mit denen werde ich für die beiden schwarz auf weiß zur Mama." Ich ziehe sie an mich: „Toll gemacht, Liebling." „Danke, ich dachte, mir zieht es die Füße weg. Sie ist doch erst neun und wenn es für sie wichtig ist", lächelt meine Frau.

Offiziell

-J-

Zwei Tage später kommen die Schreiben von Dad. Als die Kinder ins Haus stürzen, liegen die Zettel auf ihren Tellern. Vroni strahlt und ich nicke. Sie nimmt das Blatt und hält es Raphaela hin. Diese liest: „Hiermit wird bestätigt, dass Jessica Karl für immer die Mama für Veronika Mona Karl sein wird. Sie verpflichtet sich, für immer für ihre Tochter da zu sein. Im Gegensatz verpflichtet sich Veronika, ihre Mama zu respektieren...“ „Was heißt verpflichtet?“, war ja klar, dass das Juristendeutsch zu hoch für die Kinder ist. „Verpflichtet heißt, dass es keinen Weg zurück gibt, wenn wir das unterschreiben“, lächle ich. Vroni holt sofort ihren Füller und setzt ihren Namen unter das Schreiben. Als sie es mir hinhält, lese ich den Absatz, den Raphaela ausgelassen hat: „Sollte die Verbindung zum Vater der Kinder in die Brüche gehen, bleibt die Verantwortung für die Tochter bestehen.“ Ich runzle die Stirn und setzte meine Unterschrift neben ihre. Nun ist Leon dran. „Hier steht das gleiche, außer mit deinem Namen“, lächle ich und unterschreibe auch das. Leon kann seinen Namen ja bereits schreiben und er setzt stolz „Leon Karl“ darunter. „Nun ist es wie bei Alexander“, grinst Raphaela, die wie immer, wenn es die Kinder betrifft, eingeweiht ist. Als William vom Training kommt, wird er sofort mit Stiften überfallen. „Du musst auch unterschreiben, dann ist es verpflichtend“, befiehlt

Leon ernsthaft. Mein Mann lächelt und setzt seine Unterschrift neben unsere. Ebenso bei Vroni. „Nun ist es offiell", grinst der Kleine. „Offiziell", verbessere ich ihn lachend.

-W-

Ich hätte nie gedacht, dass ein paar Wörter so wichtig sind, aber auf Kinderwunsch hefte ich die Schreiben ab. Vroni ist wie aufgedreht und meine Frau ist wunderschön, so wie sie strahlt. Nach der zweiten Trainingseinheit und dem Abendessen sitzen wir mit einem Glas Wein im Wohnzimmer. „Wie hast du auf den letzten Absatz reagiert?", will ich wissen. „Ähnlich wie du", antwortet sie, „typisch Dad, geht immer vom Schlimmsten aus. Du hast nicht vor, mich vor die Tür zu setzen, oder?" Ich sehe sie geschockt an, doch dann bemerke ich den Schalk in ihren Augen. „Oh Mann, jetzt hättest du mich beinahe gehabt", grinse ich, ziehe sie an mich und küsse sie in den Nacken. Sie beginnt zu kichern und ich necke sie weiter. „Wie soll ich dich vor die Tür setzen, wenn ich die Hände nicht von dir lassen kann?" „Mit vor die Tür gehen?" „Wohl eher hinter die Tür!", meine Stimme klingt rau. Es ist schön, sie wieder so ausgelassen zu sehen. Ich liebe sie jeden Tag mehr. Und sie erstaunt mich immer aufs Neue, im Umgang mit den Kindern. Sie rutscht näher und ich beginne sie zu kitzeln. Ihr Kichern lockt den Nachwuchs an und im Nu ist ein Gruppenkitzeln im Gange. Sie gibt auf und nimmt die Zwillinge mit nach oben. Auch ich beende die Aktion atemlos. Die Kinder verschwinden widerspruchslos in ihren Zimmern, Jess kommt zurück und nimmt ihr Glas zur Hand. „Schön dass du wieder die Alte bist", raune ich, nehme ihr den Wein ab und ziehe sie auf meinen Schoß. Sie schmiegt sich an mich und ich küsse sie stürmisch. Sie steigt, wie immer, sofort darauf ein und unsere Zärtlichkeiten werden fordernder. Ich strecke mich unter ihr auf der Couch aus und überlasse ihr die Führung. Wir vergessen alles um uns herum. „Oh Verzeihung, Sir", höre ich und schiebe Jess ein Stück von mir. „Raphaela", Sie wirkt leicht verlegen. „Es tut mir leid, Jessica, ich habe meinen Reader liegen lassen. Ich wusste nicht", rechtfertigt sich das Kindermädchen. „Nein, wir müssen uns entschuldigen", grinse ich, „dafür haben wir unser Schlafzimmer. Es könnten ja auch die Kinder sein. Ein Glas Wein?" „Ich will nicht stören", Raphaela wird leise. „Ach komm schon, wir wollen es wirklich", Jess fährt sich mit den Fingern durch die Haare, „du bist immer für uns und die Kinder da. Auch in den Zeiten, wo ich es nicht konnte."

-J-

William drückt ihr ein Glas in die Hand und holt die Flasche. „Es tut mir wirklich leid", versucht sie es noch einmal. Ich schüttle den Kopf: „Mein Mann hat Recht, wir müssen uns besser in den Griff bekommen." „Es ist ihr Haus, Jessica. Es steht mir nicht zu sie zu kritisieren." Wir beginnen beide zu lachen und so findet uns William. Das könnte ein lustiger Abend werden. „Wenn du noch einmal Sir zu mir sagst, bist du gefeuert, ich bin William", meint mein Mann. „Aber S..., William, das geht doch nicht. Sie sind mein Arbeitgeber", antwortet sie. „Aber du sprichst meine Frau mit Jessica an. Hast du Angst vor mir?", seine Stimme wird leise. Raphaela scheint die nächsten Worte genau abzuwägen. „Vor Will ja, ein bisschen, vor William nicht. Aber ich weiß nie so genau, wer vor mir steht." William atmet tief ein: „Das tut mir leid. Aber auch vor Will musst du dich nicht fürchten. Der ist ein Mensch geworden." „Sir. Es ist nicht der Mensch, es ist mehr der Beruf und der Status", meint sie. Ich lache auf und als mich die zwei Anderen ansehen, stoße ich hervor: „Ich würde sie gerne als William einladen, nicht als Fußballer. Erinnerst du dich?" Er schließt sich meinem Kichern an, während Raphaelas Blick noch fragender wird. „Der zweite oder dritte Satz, den ich von ihm gehört habe", erkläre ich, „du siehst, Fußballer sind auch nur Menschen. Und William, der Familienvater und Ehemann ist dein Arbeitgeber." Nun lächelt auch sie: „Stimmt, o.k., dann William und Sir, wenn der Fußballer gemeint ist." „Einverstanden. Aber jetzt ist Schluss mit Ernsthaftigkeit", grinst mein Ehemann. Am Ende des Abends hat Raphaela einem Vertrag für drei weitere Jahre zugestimmt.

-W-

Es erschüttert mich, dass ich anscheinend immer noch einschüchternd auf Menschen wirke. Vor allem von Raphaela hätte ich so etwas nicht erwartet. Sie kennt mich fast zwei Jahren und hat nie einen Ton gesagt. Der gestrige Tag hat die Barrieren hoffentlich zerstört. Jess hat sich köstlich amüsiert. Ahmet und Martin fragen in der Trainingspause, woher das Grübeln stammt.

„Sagt mal, könnt ihr euch vorstellen, dass man vor mir Angst haben kann?". Die beiden sehen sich an. „Angst vor dir? Nie", grinst Martin, „wenn man nicht in der gegnerischen Mannschaft spielt." „Blödmann", grinse ich zurück, „aber ernsthaft?" „Nun ja", Ahmet denkt kurz nach, „früher vielleicht, aber seit es Jessica in deinem Leben gibt. Wie kommst du darauf?" „Mein Kindermädchen nennt mich Sir", murmle ich. „Sir Will, cooler Spitzname", prustet Martin, fügt aber hinzu, „aber nur in Ausnahmefällen." „Na toll, wie bei meinem Ausraster gegen den Bundestrainer", lache ich. „Genau", Martin und Ahmet amüsieren sich göttlich.

-J-

Und wieder einmal ein roter Teppich. Ich werfe mich in mein, in Venedig gekauftes Kleid und hohe schwarze Schuhe. Beim letzten Mal war ich mit den Zwillingen schwanger und kann den Abend nicht unbedingt als Erfolg verbuchen. Pamela ist heute kein Thema mehr und ich bin auch nicht mehr so unerfahren. Als ich zu William trete, sehe ich ein Flackern in seinen Augen. „Das

Kleid kenne ich doch", flüstert er mir zu. Ich lächle und lehne mich im Taxi an ihn. Sylvia sieht in ihrer gelben Robe ebenso atemberaubend aus. Wir treffen auf dem roten Teppich auf weitere Paare und gemeinsam schlendern wir an der Presse vorbei. Als von der Seite eine Frage an William kommt, bleibt er stehen und legt den Arm um meine Schultern. So befinde ich mich voll im Blitzlichtgewitter und während er die Fragen beantwortet, lächle ich in die Kameras. Das ist immer noch ziemlich anstrengend. Als William merkt, dass ich mich unwohl fühle, legt er die Hand auf den Rücken und beendet das Interview. „Bist du in Ordnung?", flüstert er in mein Ohr und ich nicke: „Alles gut. Nur so viele Reporter sind noch etwas einschüchternd." Die Aftershowparty genießen Sylvia und ich in vollen Zügen. William ist nicht so der große Tänzer, so dass er nur auf die Tanzfläche kommt, wenn Walzer oder Discofox gespielt wird. Auf dem Heimweg schlüpfe ich aus den Schuhen und Strümpfen. „Das Kleid ziehe ich dir aus", raunt es von der Seite. Das Gefühl im Unterleib verstärkt sich, ich lehne mich dichter an ihn und spüre seine Hand in meinem Rückenausschnitt. Vor Ah-

mets Haustür beschließt William, den Rest zu
Fuß zu gehen- ganze 500 m. Er kichert, als ich
barfuß neben ihm herlaufe. „Soll ich dich tragen?" „Finger weg, die paar Meter schaffe ich
locker."Ich fühle mich wie früher auf dem
Heimweg von der Schule, wo wir verbotenerweise durch den Bach gewatet sind. Leise schleichen wir in unser Schlafzimmer.

-W-

Ich öffne den Reißverschluss ihres Kleides und
sehe ihr nach, wie sie im Bad verschwindet.
Langsam hänge ich die Robe auf den Bügel und
schlüpfe aus meinem Anzug. Als sich die Bade-
zimmertüre öffnet, sehe ich in ihre Richtung und
halte die Luft an. Sie kommt aufreizend in einem
Hauch von nichts auf mich zu. Ich küsse sie kurz
und verschwinde ebenfalls im Bad. Ich atme tief
durch, um mein Verlangen zu kontrollieren. Es ist
immer noch etwas Vorsicht geboten und das
Thema Verhütung liegt weiterhin an mir. Ich öffne den Spiegelschrank und stoße einen Fluch aus.
„Verdammt! Ausgerechnet heute", schimpfe ich

vor mich hin, trete unter die Dusche und schalte das kalte Wasser an. Zitternd warte ich, bis das Verlangen vergeht. „Schatz?", ich öffne die Augen und sehe sie in der Tür stehen. Ich füge das warme Wasser hinzu: „Bin gleich bei dir, Liebling. Einen Moment noch." Sie schließt die Tür wieder und ich atme tief ein. Ich muss es mir erklären, aber das ist nicht so einfach, wenn das Blut nicht im Kopf ist. Ich kehre ins Schlafzimmer zurück, wo sie auf dem Bett sitzt und gedankenverloren ihren Ring dreht. „Ist irgendetwas nicht in Ordnung?", ihre leise, nervöse Stimme schneidet sich in mein Herz. „Ich habe die Logistik nicht im Griff", grummle ich und werfe die leere Kondompackung auf das Bett, „und das ausgerechnet heute." Sie beginnt zu kichern, während meine Laune weiter sinkt. „Nicht witzig",murmle ich. Sie erhebt sich und kommt aufreizend näher. Sie küsst mich kurz und greift an mir vorbei in die Schublade. Dabei bleibt sie, vermeintlich unabsichtlich am Handtuch hängen und ich stehe nackt mitten im Schlafzimmer. Die kalte Dusche war umsonst. Ich befehle meinem Körper, sich zu beherrschen. Doch das ist unmöglich. Was hat sie vor? Schließlich scheint sie fündig zu werden. Sie schlingt die Arme um mich und ihr Kuss ist vielversprechend. Irgendwann kann und will ich mich nicht mehr beherrschen, hebe ich sie hoch und trage sie zum Bett. Als ich sie sanft ablege, öffnet sie die Faust und ich entdecke drei Kondome. Die Nacht ist gerettet, aber es muss dringend Nachschub her. „Ich besorg morgen Neue, oder ich nehme wieder die Pille. Mal sehen, was der Arzt morgen sagt", lächelt sie. „Ich verhüte auch weiter", nun muss auch ich lächeln, „es macht mir nichts aus. Du solltest die Pille erst wieder nehmen, wenn die Familienplanung abgeschlossen ist." Ich schließe sie fest in die Arme und sehe ihr zu, wie sie einschläft.

-J-

Gegen Mittag am nächsten Tag wird es hektisch. Ich habe einen Termin beim Frauenarzt, William hat Training. Also wird Raphaela, die seit kurzem den Führerschein hat, die Kinder am Nachmittag zum Trainingsgelände bringen, wo die Jungs an einem Schnuppertraining teilnehmen wollen. William und ich brechen früher auf und trennen uns vor dem Eingang. Ich begebe mich zum Arzt, der eine vollständige Genesung diagnostiziert, und besorge danach im Supermarkt Kondome, Getränke und Süßigkeiten. Die Kassiererin sieht mich lächelnd an, als ich die fünf Kondompackungen auf das Band lege und ich lächle zurück. Vor dem Eingang treffe ich auf Sylvia und Bea und wir sehen den Männern beim Training zu. Raphaela kommt pünktlich und zu meiner Überraschung hat auch Vroni ihre Sportsachen dabei. „Darf ich auch mitmachen?",fragt sie. „Warum denn nicht?", entgegne ich. „Naja, ich bin ein Mädchen", ihre Entrüstung ist spürbar. „Und die können nicht Fußball spielen?", William ist unbemerkt zu uns getreten und sieht seine Tochter ernst an, „Probier es doch einfach aus." Unsere Große stürzt sich voller Eifer ins Fußballtraining und hat, wie ihre beiden Brüder eine Menge Spaß. „Doch kein typisches Mädchen", grinst William, „schade eigentlich." „Nun ja, deine Tochter halt", lächle ich zurück. Aber keiner unserer Kinder strebt ins Tor. „Da steht ja Papa", resümiert Leon, „ein Karl im Tor ist genug." Ich sehe meinen Sohn zärtlich an. Typisch Kinder. Die Möglichkeit, dass der Vater irgendwann einmal zu alt wird, um den Job ausführen zu können, ist für sie undenkbar. Für eine Karl- Mannschaft fehlen noch ein paar Mitspieler. William, unsere fünf, Johannes und Bettys Babys, das sind acht. Die gesamte Familie fährt gemeinsam nach Hause und die Kinder fallen todmüde ins Bett. Ich leere die Tüte auf unserem Bett aus und William bricht in schallendes Lachen aus: „Das wird eine Weile reichen. Hast du den Laden leergekauft?" Ich stimme in sein Lachen mit ein: „Du hättest die Gesichter in dem Laden sehen sollen." Natürlich muss der Vorrat gleich dezimiert werden.

Dunkle Wolken

-W-

Unser Glück scheint perfekt, aber dass das nicht so bleiben kann, ist klar. Es beginnt alles mit einem Brief, der in die falschen Hände gelangt. Als ich vom Auswärtsspieltag komme, finde ich meine Sachen im Gästezimmer, von der Familie fehlt jede Spur. Ich begebe mich auf die Suche und finde den betreffenden Brief auf dem Küchentisch. Mir fällt das Wort „Vaterschaftsfeststellung" ins Auge. Was ist das denn? Ich lese und bemerke aus den Augenwinkeln eine Bewegung. Jessica steht in der Terrassentür und sieht mit kaltem Blick in meine Richtung. „Liebling?", ihre Augenfarbe lässt mich verstummen. „KEIN KONTAKT MEHR ZU PAMELA-WAR ES NICHT SO? WARUM BEKOMMT SIE DANN EIN KIND VON DIR? WÄHREND ICH...", ihre Stimme ist kalt und ihre Augen werden grün. Wie? „Ich habe Pamela schon ewig nicht mehr gesehen. Vielleicht bekommt sie ein Kind, aber definitiv nicht von mir. Jess, Liebling", ich gehe auf sie zu. „Fass mich nicht an- du hast sie zu einer Zeit geschwängert, als ich unser Kind verloren habe", sie ist extrem leise geworden. „NEIN!", meine eigene Stimme wird drohend, „aber offensichtlich glaubst du das wirklich. Du glaubst ihr mehr als mir?" „Warum sollte sie etwas behaupten, wenn es nicht wahr ist?", presst sie hervor. „Jess, du kennst Pamela, sie braucht ihren Auftritt und wahrscheinlich einen zahlungskräftigen Vater." „Will, gibt es doch einfach zu. Durch Leugnen wird es nicht ungeschehen." Mein Kiefernmuskel beginnt zu arbeiten und ich merke, wie sich die rechte Hand zur Faust ballt. „Das hat doch alles keinen Sinn- wenn du wirklich glaubst, dass ich dich betrogen habe. Was ist mit unserem Glück? Mit den Kindern?" Sie holt

110

tief Luft: „Das ist doch alles nur Fassade und das wird es auch bleiben. Ich werde nach außen weiterhin deine Ehefrau spielen, aber in unseren vier Wänden... Die Kinder werden nichts merken. Ich glaube nicht, ich weiß nicht, ach egal." Nun laufen ihr doch Tränen über das Gesicht. Ich würde sie gerne in die Arme schließen, aber der Vertrauensbruch hält mich zurück. Wutentbrannt verlasse ich das Haus, ohne mich noch einmal umzudrehen. Ich begebe mich zu Max, um einen pränatalen Vaterschaftstest zu machen. „Wie lange dauert das ?", frage ich. „14 Tage- sorry, es geht nicht schneller. Ist bei euch alles in Ordnung?", fragt Max nach. „Was glaubst du? Die Exgeliebte bekommt ein Kind- angeblich von mir- und Jess verliert unser Baby", murmle ich, „aber dass sie glaubt, ich hätte sie betrogen..." „Sie ist verletzt, aber sie liebt dich. Gib ihr einfach etwas Zeit, ich werde den Test mit höchster Priorität weiterleiten. Vielleicht solltest du deinen Schwiegervater um Hilfe bitten. Irgend jemand muss Pamela stoppen." „Rolf um Hilfe bitten? Das erscheint mir unmöglich- der glaubt mir doch sicher kein Wort. Egal, wie ich es drehe, ich komme da nicht raus."Ich mache mich auf den

Heimweg. Doch es soll noch schlimmer kommen. Als ich vor dem Haus auf Pressevertreter stoße, beginnt das Spießrutenlaufen. Wie konnten sie so schnell...?

-J-

Ich sehe ihn schon von Weitem, doch kurz vor unserem Haus stürzen Presseleute auf ihn zu. Ich atme tief durch und trete neben ihn. „Was sagen sie dazu, dass ihr Mann ein Kind mit seiner Ex-freundin bekommt?", die Frage kommt nicht un-erwartet. Ich nehme Williams Hand und antworte: „Das ist eine böswillige Unterstellung. Ich weiß, dass es nicht wahr ist und wir werden es auch beweisen." Weitere Fragen bekomme ich nicht mehr mit. William zieht mich ins Haus und so-bald sich die Tür schließt, lässt er meine Hand los. „Danke", presst er hervor, „aber das wäre nicht nötig gewesen. Du musst nicht so tun, als würdest du mir glauben. Auch in der Öffentlich-keit nicht. Ich dachte, du liebst mich. Heißt lieben nicht auch vertrauen? Deine Liebe scheint nicht so groß zu sein." Ich sehe ihn an. „Doch, die ist groß. Aber ich kann nicht... Ich/wir brauchen eine Pause. Will...." Doch offensichtlich hat er genug gehört. „Damit du Bescheid weißt, ich war bei

Max und habe den Test gemacht. Ich habe nichts zu verbergen", zischt er, „Ich schlafe im Gästezimmer, bis du dich beruhigt hast. Und wir werden deinen Vater brauchen." Ich nicke, ziehe den Ring, den er mir in Venedig gekauft hat vom Finger und lege ihn vor mich auf den Tisch. Er nimmt ihn wortlos an sich und verschwindet nach oben. Ich bleibe in der Küche sitzen. Er hat Recht, ich sollte ihm vertrauen. Was ist los mit mir? Liebe ich ihn nicht genug? Aber die Zweifel nagen an mir. Ich habe ihn in meiner Trauer oft von mir gestoßen. Ich bin schuld, wenn er mich betrogen hat. Gut, dass die Kinder bei Sylvia und Ahmet sind. Aber morgen müssen wir als Familie wieder funktionieren.

-W-

Ich sitze im Gästezimmer und grüble, drehe ihren Ring zwischen den Fingern, bevor ich zum Telefon greife und meinen Schwiegervater anrufe. Er glaubt mir zwar, aber hält natürlich auch zu seiner Tochter. Er wird die Presseberichte stoppen und Pamela verbieten, etwas zu äußern, bevor das Ergebnis feststeht. „Wenn es sich bewahrheitet, dann...", murmelt er. „Das wird es nicht, verdammt noch mal- ich liebe deine Tochter," antworte ich, bevor das Telefon von mir fliegt. Jessica schafft es tatsächlich, den Schein zu wahren und entfernt sich zuhause Schritt für Schritt weiter von mir. Das Training lenkt mich ab und ich absolviere immer mehr Extrastunden. Will gelingt es, die Probleme von sich wegzuschieben, aber nachts verzweifelt William regelmäßig. Ganz lassen sich die Berichte nicht vermeiden und ich merke, dass Jessica darunter leidet. Also fasse ich einen Entschluss, aber den muss sie mit absegnen. Ich klopfe an die Schlafzimmertüre und sie bittet mich herein. Sie sitzt am Bettrand und wischt sich die Tränen aus dem Gesicht, als sie in meine Richtung sieht. „Ich habe nachgedacht", beginne ich, „es ist nicht fair, dich einzuspannen. Ich werde unsere Pause bekanntgeben."Sie sieht mich an, wie ein verschrecktes Kaninchen. „Liegt ganz bei dir", flüstert sie. „Jess, Liebling - bitte. Ich seh doch, wie sehr es dich quält, den Schein zu wahren. Mach es dir doch nicht so schwer. Jeder wird verstehen, dass du dich von mir distanzierst." „Aber, das will ich doch gar nicht. William – ich könnte dich ja sogar verstehen, wenn du woanders die Erfüllung gesucht hättest. Ich konnte dir dein Kind nicht schenken und acht Wochen keinen Sex. Vielleicht warst du deshalb so enthaltsam", entgegnet sie. „Das war unter der Gürtellinie- das bist doch nicht du, Jessica", die Kraft verlässt mich. „Was passiert, wenn der Test negativ ist? Kehren wir dann in unsere leidenschaftliche, gute Ehe zurück? Einfach so? Das kann ich nicht. Du vertraust der Bitch mehr als mir." Es verlangt alles von mir, sie wegzustoßen, aber es muss sein. Sie geht mir kaputt und das werde ich vermeiden. Sie war, ist und wird immer das Wichtigste in meinem Leben sein. Und genau deshalb muss es sein. Ich sehe, wie alles Lebendige aus ihrem begehrenswerten Körper weicht. Will, du Idiot. Ich sollte sie küssen und solange lieben, bis ihre Zweifel zerstreut sind. Ich trete näher: „Jess?" Sie bewegt sich nicht. Oh Gott, ist sie wirklich so leicht zu verjagen? „Ich sag es dir noch einmal- ich habe dich nicht betrogen- weder mit Pam noch mit einer anderen Frau." Ich drehe mich um und schicke mich an, den Raum zu verlassen. Im Türrahmen wende ich mich noch einmal um und sehe, wie sie sich in unserem Bett zusammenrollt. Jetzt habe ich es geschafft- meine Ehe ist am Ende. Wow, William, das ist neuer Rekord- nach nur einem Jahr.

-J-

Am Morgen ist er bereits weg, ebenso wie die Kinder. Als Raphaela zurückkommt, sieht sie mich fragend an: „Sind sie o.k. Jessica? Kann ich ihnen helfen?" Ich schüttle den Kopf. Die zwei Wochen sind heute um und ich habe Angst, vor dem, was kommt. Ich bin mir sicher, dass der Test negativ ist, aber hat mir deutlich zu verstehen gegeben, dass er mir den Vertrauensbruch nicht verzeihen wird. Warum habe ich nicht einfach zugehört? Der Briefkasten klappert und ich schrecke zusammen. Kurz darauf steht William in der Küche. Er wirft den Umschlag mit dem Ergebnis gemeinsam mit einer Zeitschrift auf den Tisch, sieht mich kurz an und verlässt das Haus erneut. Ich lese die Überschrift „Ehe am Ende? Will Karl nach Vaterschaftsgerüchten von Frau verlassen?" Und fege die Zeitung samt Ergebnis vom Tisch. Ich habe ihn verloren- das ist nun klar. Und offensichtlich bin ich auch noch eine schlechte Schauspielerin, die heile Welt glaubt mir kein Mensch. Gut, ich auch nicht. Wie soll und wird es weitergehen? Wird er mit mir reden?

Am frühen Abend kommt er zurück und sein Blick fällt auf den, noch immer geschlossenen Briefumschlag. Er sieht fertig aus und ich entdecke erste Falten in seinem Gesicht. Ich setze an, doch sein Blick lässt mich verstummen, bevor ich ein Wort sagen kann. Er greift nach dem Brief, öffnet ihn und hält mir das Schreiben hin. Ich schüttle den Kopf. „Es ist nicht wichtig", murmle ich, „ich bin schuld."

Der Überfall

-W-

Verdammt, William. Beweg dich endlich, geh auf sie zu. Es kann nicht so schwer sein, du liebst sie doch. Erneut bleibe ich starr stehen und sie fegt den Tisch ein weiteres Mal leer. Ich sehe sie an: „Jess, es ist nicht deine Schuld", ich spreche leise, „gib uns einfach etwas Zeit. Wenn wir es beide wollen, bekommen wir das wieder hin." Sie schüttelt kaum merklich den Kopf. „Ich habe dir nicht vertraut. Ich-ich kann nicht mehr." „Ich weiß, Liebes. Mir geht es ähnlich. Ich sehe dich und deinen atemberaubenden Körper und alles in mir zieht sich zusammen. Aber..." Sie steht auf und will den Raum verlassen. „Jess.....bitte." Sie bleibt stehen. „Du hast selbst gesagt, du kannst nicht einfach zurück. Du...",sie ist kaum zu verstehen. „JA. ICH. ICH habe es nicht geschafft, in zwei Jahren Beziehung so viel Vertrauen aufzubauen, dass Einflüsse von außen uns kalt lassen. ICH schaffe es nicht, Pamela endgültig zum Schweigen zu bringen. ICH stoße dich weg. ICH...", presse ich hervor. „Ich gehe eine Runde laufen. Bin bald wieder da." Und erneut renne ich vor den Problemen davon. Ich biege in den Waldweg ein und merke erst spät, dass ich verfolgt werde. Bevor ich mich umdrehen kann, spüre ich einen Schmerz in der linken Schulter und gerate ins Taumeln. Ich stütze mich am nächsten Baum ab und greife mit der anderen Hand an meine Schulter. Ich spüre Blut zwischen den Fingern durchsickern, bevor mir schwarz vor den Augen wird.

-J-

Es klingelt an der Tür und ich spüre einen seltsamen Geschmack im Mund. Ich öffne und sehe zwei Polizisten vor mir stehen. „Frau Karl?" Ich nicke. „Wir müssen ihnen mitteilen, dass ihr

Mann überfallen wurde. Er wurde verletzt und ist auf dem Weg in die Klinik." Was? Nein! „Wie geht es ihm?", stoße ich hervor. Sylvia, die das Polizeiauto stehen sieht, kommt sofort angelaufen und bekommt den letzten Satz mit. „Er wurde mit einem Messer angegriffen. Was genau verletzt wurde, muss noch untersucht werden." „Ich bringe dich hin", bestimmt Sylvia und kurz darauf stürzen wir in die Klinik, wo ich bereits erwartet werde. Der Arzt kommt auf uns zu. „Frau Karl? Mein Name ist Dr. Schwarz. Ihr Mann ist im OP. Es wurde eine Sehne verletzt und er hat viel Blut verloren, aber es dürften keine Schäden zurückbleiben. Gut, dass er so schnell gefunden wurde. Eine Fortsetzung der Karriere ist nicht gefährdet." Fußball? Ich versuche ein Lächeln. Als ob ich an so etwas denken könnte. Ich lehne mich vor dem OP an die Wand und rutsche langsam nach unten. Meine Beine tragen mich nicht mehr. Oh Gott, lass ihn das überstehen. Sylvia gibt Ahmet Bescheid, der den Verein informiert. Ein paar Minuten später, steht Max im Gang. „Was ist passiert? Ein Angriff?", fragt er und als Sylvia nickt, stößt er ein „Verdammt" heraus. „Ich spreche mit dem Arzt." Kurz darauf ist er wieder da. „Gut, anscheinend halb so wild. Das Messer ist nicht tief eingedrungen, aber eine Sehne wurde leicht verletzt. Wird alles wieder. Bist du in Ordnung, Jessica?" Ich schüttle den Kopf. „In den letzten zwei Wochen ist meine Welt über mir zusammengebrochen und jetzt das. Mein Leben funktioniert nur mit ihm- und den Kindern. Unsere letzten Worte waren im Streit. Wenn er jetzt..." Max holt tief Luft: „Ihm wird nichts passieren. Er muss eine Weile pausieren, aber das bekommen wir wieder hin. Allerdings muss ich dich warnen. Will war nur einmal längere Zeit verletzt und das war für sein Umfeld nicht einfach. Schaffst du das?" „Ich liebe ihn. Ich schaffe das, auch wenn er das vielleicht nicht so sieht. Er ist enttäuscht, dass ich ihm nicht vertraut habe. Aber er ist der wichtigste Mensch in meinem Leben", flüstere ich. „Ihr bekommt das schon wieder hin", meint Sylvia, „hast du heute schon was gegessen?" „Ich habe keinen Hunger, aber ein Kaffee wäre nicht schlecht." „Kommt sofort", im Nu ist sie mit drei Bechern zurück und wir warten darauf, dass William aus dem OP kommt. Gedankenverloren drehe ich den Kaffee in den Händen. Auch wenn er es verneint, ich bin an dem ganzen Schlamassel schuld. Nach gefühlten Stunden öffnet sich die Tür und meine große Liebe wird herausgeschoben. Max legt beschützend den Arm um mich. Die Krankenschwester drückt mir Williams persönliche Gegenstände in die Hand. Seine Uhr, das Handy und die Brieftasche fehlen. Ich nehme seinen Ehering an mich und wir folgen dem Bett langsam. Vorsichtig greife ich nach seiner unverletzten Hand und er verschränkt reflexartig die Finger mit meinen. Zwei Stunden später erwacht er. Sein Lächeln ist leicht schmerzverzerrt. „Da bist du ja wieder", grinst Max, „du hast uns einen gehörigen Schrecken eingejagt."

-W-

„Was ist passiert?". Ich versuche, mich zu bewegen, spüre aber sofort einen stechenden Schmerz, in der linken Schulter. „Du wurdest überfallen", antwortet meine Frau, „dein Telefon, deine Uhr und die Brieftasche sind weg." „Shit, dein Ring", stoße ich hervor. Sie spielt mit meinem Ehering. „Mach dir darüber keine Gedanken . Wichtig ist jetzt erst einmal, dass du gesund wirst. Deinen Ehering hat er dir gelassen." Sie streift in mir über meinen Ringfinger. „Max?" „Will, eine Sehne in der Schulter wurde verletzt. Sechs bis

acht Wochen wirst du mindestens ausfallen."
„Verdammt", fluche ich und merke, wie Jess ihre
Hand zurückziehen will. Ich greife fester zu und
sehe in ihre Richtung. Wahnsinn, sie sieht fertig
aus. „Geht es dir gut?" „Mir? Du bist doch überfallen worden",flüstert sie, „mir geht es gut. Den
Umständen entsprechend." Max und Sylvia verlassen diskret den Raum. „Jess-", ich hole tief
Luft und verziehe das Gesicht, „was ich gestern
gesagt habe, das ist nicht wahr. Ich würde gerne
wieder da weitermachen, wo wir vor drei Wochen
aufgehört haben- wenn du es auch willst." Sie
sieht mich eine Weile schweigend an, bevor sie
antwortet: „Ich weiß es nicht. Ich kann das jetzt
nicht beantworten. Es geht auch gar nicht. Denn
jetzt darfst du keinen Sex haben."Ich versuche ein
Lächeln: „Unsere Ehe war doch hoffentlich mehr
als guter Sex." „William, ich liebe dich. Die letzten zwei Wochen waren die Hölle für mich, aber
die lezten vier Stunden...", sie ist kaum zu verstehen, „ich kann und will dich nicht verlieren."
„Wirst du nicht. Du und die Kinder, ihr seid mein
Leben. Ja, ich war wütend, dass du geglaubt hast,
ich hätte dich betrogen. Aber ich habe dabei nicht
an dich gedacht. Ich habe nur mein verletztes Ego

gepflegt. Ich..",,Jetzt nicht William. Du musst dich ausruhen. Wir haben noch viel Zeit", sie beugt sich über das Bett und küsst mich vorsichtig.

-J-

Er schläft, lässt aber meine Hand nicht los. Ich lasse nun den Tränen freien Lauf, anscheinend haben wir gerade noch einmal die Kurve bekommen. Nach ein paar Minuten habe ich mich wieder soweit im Griff, dass ich die Karten und das Telefon sperren lassen kann. Mein Ring bringt dem Täter genug Geld ein. Warum habe ich ihn abgenommen? Aber es ist nicht wichtig, es ist nur ein Schmuckstück. Es klopft und ein Polizist betritt den Raum. Ich drücke Williams Hand. „William." Er schlägt die Augen auf und beantwortet die Fragen. Er kann keine Angaben zum Täter machen, aber die Polizei hat die Tatwaffe, mit Fingerabdrücken und seine Brieftasche gefunden. „Das Geld ist leider weg", meint der Polizist, „und die Kreditkarten auch." Er reicht mir den Geldbeutel, den ich öffne. Die Papiere sind da und im Geheimfach finde ich meinen Ring. „Er hat offenbar nicht genau hingesehen", lächelt William, „kann ich ihn behalten?"

Der Polizist nickt und er streift in mir unbeholfen über. „Den nehme ich nie wieder ab", grinse ich. „Na hoffentlich", murmelt er. „Nun fehlen nur noch die anderen Dinge,"resümiert der Polizeibeamte. „Das ist nicht wichtig, die Karten und das Telefon sind bereits gesperrt", gebe ich zu. „Meine Frau", lächelt William, „denkt an alles." „Wer hat eigentlich den Notarzt gerufen?", will ich wissen. „Eine Spaziergängerin. Ihr Hund hat sie gefunden. Sie hat ihnen offenbar das Leben gerettet. Ich kann ihnen die Adresse geben, wenn sie einverstanden ist",antwortet der Beamte. „Das wäre nett. Wir würden uns gerne bedanken", kommt von meinem Mann. Der Polizist verlässt das Zimmer und Dr. Schwarz und Max treten ein. „Wie fühlen sie sich?", fragt der Arzt. „Es schmerzt etwas", gibt er notgedrungen zu, „aber sonst geht es." „Gut, da der Kollege bestätigt hat, dass sie vom Verein abgesichert sind, kann ich sie morgen entlassen", bestimmt der Arzt. „Max, bringst du meine Frau bitte nach Hause", fragt William, „Jess- bitte." Ich nicke. „Ich hole dich morgen ab. Ich liebe dich." „Ich dich auch, Liebling."

124

-W-

Ich schlafe sehr unruhig, da mich bei jeder kleinen Bewegung ein Schmerz durchfährt und ich
im Traum immer den Angriff erlebe. Ich bin
froh, als es draußen zu dämmern beginnt. Die
Nachuntersuchung verläuft problemlos, wobei
mich die Narbe etwas erschreckt. „Man wird sie
später kaum sehen", meint der Arzt, als er mein
Gesicht sieht. „Das ist mir egal, wird das wieder?", frage ich nach. „Es spricht nichts gegen
weitere Torwarteinsätze. Aber es wird dauern
und die Zeit sollten sie sich auch nehmen," bekomme ich zur Antwort. Kurz darauf öffnet Jess
die Tür, sie lächelt mich an und hilft mir in die
Jacke. Ich lege meinen gesunden Arm um ihre
Schulter und wir verlassen die Klinik. Natürlich
haben sich Pressevertreter eingefunden, die
Nachricht des Überfalls hat sich in Windeseile
rumgesprochen. Jess erlaubt drei Fragen. Ich sehe sie fasziniert an, seit wann ist sie so tough.
Bestimmt dirigiert sie mich zum Auto. Nun um-
sorgt sie mich. Meine Eltern sind bereits unterwegs. Als wir nach Hause kommen, sind die
Kinder nicht da, aber ein großes „Willkommen
daheim, Papa"- Schild hängt über der Tür. Ich

lächle und ziehe meine Frau näher heran. „Danke", flüstere ich und küsse sie auf den Scheitel. Sie zwingt mich, mich hinzulegen. „Um 15:00 Uhr haben wir einen Termin bei Max, bis dahin ruhst du dich aus", befiehlt sie. „Sag mal, kann das sein, dass du das genießt?", frage ich lächelnd. „Schon etwas", grinst sie, „jetzt bist du mir ausgeliefert." Ich sinke in die weichen Kissen und schlafe sofort ein. Die durchwachte Nacht fordert ihren Tribut. Ich bekomme die Ankunft der Kinder und der Eltern nur am Rande mit. Gegen 14:00 Uhr quäle ich mich auf und Jess fährt uns zu Max. Ich sehe meine Teamkollegen trainieren und eine Sehnsucht erfüllt mich. Nach der Untersuchung bleiben wir noch etwas am Rand stehen. Die Kollegen machen eine Pause und kommen näher. Sie wünschen mir alles Gute und fragen, wann ich wieder fit bin. „Sechs bis acht Wochen", erwidert Jess, „das dauert etwas." „Lass dir Zeit, Will. Hauptsache, du wirst wieder", grinst der Trainer. „Naja, mit einer Hand kann ich schon Bälle fangen", grinse ich. „Untersteh dich", meint meine Frau gespielt streng, „aber ihr bekommt ihn zurück." Zuhause wartet die Familie mit Kaffee und Kuchen auf unsere Rückkehr. Meine Mutter wirkt leicht geschockt. „Ich bin o.k., Mum. Die Schulter wird heilen und den Täter wird man finden. Ich war wahrscheinlich nur zum falschen Zeitpunkt am falschen Ort. Alles ist gut." Sie runzelt die Stirn, fragt aber nicht nach. Als die Kinder im Garten verschwinden, folge ich ihnen. Vom Gartenstuhl aus sehe ich beim Spielen zu. Die Entwicklungssprünge der Zwillinge überraschen mich immer wieder. Dad tritt heran und hält mir ein Weißbierglas hin. „Alkoholfrei, versteht sich",grinst er, als er meinen Blick deutet. „Na toll, zwei Wochen keinen Alkohol", mosere ich, „und keinen Sex." „Ist zwischen euch beiden alles in Ordnung?" „Noch nicht ganz, aber es wird. . Wir haben uns das Testergebnis noch immer nicht angesehen, aber die letzten Stunden haben uns gezeigt, wie sehr wir einander lieben." Ich spüre ihre Arme, die mich von hinten umschlingen und lehne mich vorsichtig an sie. Sie hält den Zettel in der Hand. „Liebling, es ist nicht wichtig", versuche ich eine erneute Diskussion zu vermeiden. „Gibst du mir bitte dein Feuerzeug?", fragt sie und greift in meine Hosentasche. Ich winde mich aus ihrer Umarmung, da der Griff in die Tasche

bereits für Reaktionen sorgt. „Was hast du vor?",
frage ich sie, während ich ihr das Feuerzeug rei-
che. Sie hält die Flamme an das Schreiben, das
im Nu in verbrennt. „Das Original liegt bei Gericht, und das Exemplar ist nun Geschichte", kichert sie. Ich lächle sie an: „Das ist gut."

Rekonvaleszenz

-J-

„Darf ich?", höre ich ihn in der Tür. „Was?" „Ich
schlafe auch weiterhin im Gästezimmer, wenn du
das willst." Ich lächle ihn an und schlage die
Bettdecke zurück. Er kommt langsam auf mich
zu und schlüpft auf seine Seite des Bettes. Ich
rutsche vorsichtig näher und er legt den gesunden Arm um meine Schultern. „William?"
„Mmh?" „Als die Polizei gestern vor der Tür
stand..." Er küsst mich auf den Scheitel. „Ich
weiß, Liebling. Es tut mir leid. Ich war so in Gedanken, dass ich erst spät gemerkt habe, dass jemand hinter mir ist. Ich hätte nie im Leben gedacht, dass mich irgendjemand überfallen könnte." Ich nicke: „Aber, das meinte ich nicht. Ich
dachte daran, dass wir im Streit auseinanderge-
gangen sind. Ich hatte Angst, dass es die letzten

Worte sein könnten." „Alles wird gut, Jess. Ich wollte dich schützen, da ich gesehen habe, wie sehr du unter der Situation gelitten hast. Deshalb wollte ich dich von mir stoßen. Und du warst so schnell bereit, dich von mir zu distanzieren," er klingt verzweifelt und ich merke, wie mir die Tränen über das Gesicht laufen. „Nicht weinen, Liebling", murmelt er in mein Haar, „du warst, bist, und wirst immer das Wichtigste in meinem Leben sein. Du und die Kinder." Ich sehe ihn an: „Bist du o.k. William?" Er versucht, sich auf zu-setzen und verzieht schmerzvoll das Gesicht. „William?" „Alles gut. Nur eine falsche Bewe-gung. Hat Max dich eigentlich gewarnt?" „Max?", worauf will er hinaus, „du meinst, dass du ein furchtbarer Patient bist. Ja, das hat er. Aber ich habe gemeint, dass ich das mit meiner Liebe schon schaffen werde. So schlimm kann es ja nicht werden." Er sieht auf mich herab: „Du musst mir nur rechtzeitig sagen, wenn ich mich wie ein Idiot aufführe, einverstanden?" „Einver-standen. Aber Max wird dich in die Mangel nehmen. Du wirst nicht viel Zeit haben,um dich wie ein Idiot aufzuführen." Er runzelt die Stirn: „Es wird kommen, definitiv. Ich bin es nicht gewöhnt, nichts zu tun zu haben." „Ich hetz die Kinder auf dich. Dann hast du genug zu tun." Er lässt sich langsam zurücksinken und verzieht erneut das Gesicht, als er mit der Schulter die Matratze berührt. „Geht`s?" „Alles gut. Es wird besser werden", stöhnt er, „tust du mir einen Gefallen, bitte. Schläfst du in meinem Arm? Dann kann ich mich nicht drehen?" Ich kuschle mich an ihn und kurz darauf höre ich seinen regelmäßigen Atem. Ich hingegen liege länger wach und lasse die Gedanken schweifen. Die Wochen haben meinen Gefühlen alles abverlangt, und allein die letzten 48 Stunden haben mich verändert. Ihn so zu sehen ist schwer. Die Sportmaschine ist nun für Tage oder Wochen zum Nichtstun verdammt. Ich bin tierisch erschrocken, als ich die Wunde gesehen habe. Der Täter hat nicht nur zugestochen, er hat das Messer auch nach oben bewegt. Gut, dass mir das gestern keiner gesagt hat. Er hat verdammt viel Glück gehabt. Wir haben Glück gehabt. Und das alles nur wegen eines Handys, 300 € und einer Uhr. Ich kuschle mich fest an ihn und schlafe ein.

-W-

130

Als ich wach werde, ist es draußen noch dunkel. Ich lege mein Gesicht in Jess Haare und atme den Duft ein. Gut, dass Samstag ist, eigentlich sollte ich heute zum Heimspieltag fahren. Wird komisch werden, es von der Couch aus zu verfolgen. Das ist eine seltsame Saison, es ist bereits das dritte Spiel, das ich verpasse, und weitere werden folgen. Meine Frau schläft tief und fest und ich bleibe starr liegen, einerseits um sie nicht zu wecken, und andererseits um die lädierte Schulter nicht zu belasten. Jess bewegt sich und ein Schmerz durchfährt mich, so dass ich kurz aufstöhne. „Sorry", höre ich sie und sie rückt von mir ab. „Alles gut, du kannst hierbleiben", meine ich und will sie wieder an mich ziehen, doch sie schüttelt den Kopf. Kurze Zeit später schlüpft sie aus dem Bett und verschwindet im Bad. Ich setzte mich langsam auf und erneut stöhne ich auf. Verdammt! Frustriert fege ich den Wecker, das Erste, was ich erreiche, vom Nachttisch. Na toll, das geht ja früh los. Jess kommt sofort aus dem Bad gerannt und bleibt lächelnd stehen. „Der erste Blues?", fragt sie und ich nicke entschuldigend. „Entweder schmerzt es, oder ich kann mich nicht richtig bewegen", knurre ich, „das nervt und das nach zwei Tagen." „Ach Schatz", lächelt sie, „da müssen wir jetzt durch. Willst du heute ins Stadion, oder das Spiel zuhause ansehen?" „Ich habe keine Ahnung", murmle ich, „1 1/2 Stunden im Stadion könnten eventuell zu viel werden, aber ich wäre näher dran." „Kannst du dir ja noch überlegen", meint sie, „brauchst du Hilfe?" „Ich würde gerne duschen, aber das haut wohl nicht hin." „Bin gleich wieder da", lächelt sie und verschwindet in der Küche. Schnell ist sie zurück, hilft mir aus der Schultermanschette und klebt das Pflaster mit Frischhaltefolie ab. „Übergangsweise müsste es gehen", flüstert sie. Ich stehe unter der Dusche und genieße das frische Wasser auf meinem Körper. Beim Abtrocknen brauche ich erneut Hilfe. Nach einer halben Stunde bin ich endlich fertig. Na super! Beim Frühstück gehen die Probleme weiter, ich fühle mich wie Florian und Sophie. Nichts klappt ohne Hilfe, ich wusste nicht, wozu man überall zwei Hände braucht. Meine Mum und Jess helfen wortlos, das Kichern der Kinder unterbindet sie mit einem Blick. „Tut es weh?", fragt Leon stattdessen und ich nicke: „Schon ein bißchen." „Armer Papa", kommt von den drei Großen und

Jess versucht, ein Prusten zu unterdrücken. Sophie probiert, auf meinen Schoß zu klettern. Ich versuche, ihr zu helfen, aber für einen Arm ist sie inzwischen zu schwer. Dad hebt sie hoch und lässt sie vorsichtig auf meinem Schoß ab. Sie pustet gegen die Manschette. „Wieder gut?", piepst sie. Ich nicke, drücke die Kleine an mich und hauche einen Kuss in ihr Haar. Ihre strahlend blauen Augen leuchten, wie die ihrer Mutter, und mir kommen die Tränen. Erst über 1 1/2 Jahre alt, aber sie hat genau richtig gehandelt. „So, ab in den Garten mit uns", befiehlt Jessica und hebt die Tochter herunter. Florian nimmt meine gesunde Hand. „Ich helfe", kommt von ihm und ich lasse mich in den Garten führen. Jess legt mir ein Kissen unter die Schulter und küsst mich flüchtig. Ihr Kuss ist voller Hoffnung, Verzweiflung und Liebe. Ich bin stolz auf meine Familie. Ich habe mich gegen einen Stadionbesuch entschieden. Dafür ist in zwei Wochen immer noch Zeit, dann hoffentlich ohne Schmerzen bei jeder Bewegung. Dad wirft den Grill an und wir genießen den warmen Märztag. Wenn ich Pech habe, ist die Saison für mich gelaufen. Mein Gesichtsausdruck verdunkelt sich, Jess merkt den Umschwung sofort und wirft mir einen fragenden Blick zu, den ich mit einem gequälten Lächeln erwidere. Als wir das Spiel im Fernsehen ansehen, merkt sie mir an, wie schwer es mir fällt. Sie legt die Hand auf meinen Oberschenkel, doch die Laune wird nicht besser und ich kann es kaum erwarten, mit der Reha zu beginnen. Oh Gott, meine arme Frau; das alles bereits nach zwei Tagen. Die letzte Verletzung ist sechs Jahre her und hat nur drei Wochen gedauert und nun mindestens das Doppelte. Bevor ich mich selbst zu sehr bemitleide, fällt das erste Tor für uns. Der Rest des Tages verläuft entspannt und ich schlafe wieder mit ihr im Arm ein.

-J-

Das Wochenende ist ein ewiges Auf und Ab seiner Launen und so bin ich froh, ihn am Montag zur ersten Reha fahren zu können. Währenddessen verfolge ich draußen das Training und unterhalte mich mit Bea. Lachend stellen wir fest, dass wohl alle Spieler Probleme mit Verletzungen haben. Martin war nach seiner OP ebenfalls unausstehlich. „William hatte bereits am zweiten Tag den Blues. Und das soll nun acht Wochen so weitergehen? Na danke", grinse ich. „Es wird besser, je mobiler sie werden", versucht mich die Freundin aufzumuntern. „Dein Wort in Gottes Gehörgang", grinse ich, „Sophie pustet auch schon ganz fleißig, damit ihr Papa schnell wieder gesund wird." „Das ist ja süß, da sind unsere nicht drauf gekommen", lacht sie, „die sind aber auch schon älter." „Neun und sieben ist noch nicht so alt", meine ich, „Vroni hilft aber auch ungern. Und die Jungs finden es witzig, dass ihr Vater Hilfe braucht." Ich fühle ihn näher- kommen, lange bevor er den rechten Arm um meine Schultern legt. „Hi Bea, alles gut?", fragt er. „Das fragst du mich? Du bist doch überfallen worden. Wie geht es dir? Schon den Blues?", kommt von ihr zurück. Er sieht schmunzelnd auf mich herunter: „Hast du gepetzt?" Bea lacht auf: „Nein, aber ich habe auch einen Fußballer zuhause." Ahmet und Martin kommen auf uns zu und verwickeln William in ein Gespräch. Und es scheint zu helfen, denn er ist entspannter, als wir nach Hause fahren. Seine Schulter ziert nun ein wasserresistentes Pflaster und er kann die Manschette minutenweise abnehmen. Ich muss aufpassen, dass er sich nicht zu viel vornimmt. Max hat einen Trainingsplan ausgearbeitet, der eine schnelle Regeneration gewährleistet, wenn er sich daran hält. Die Narbe heilt gut, so dass die Fäden nach zwei Wochen gezogen werden. Die Kinder entwickeln schon bald ein Gespür für die Launen ihres Vaters und gehen ihm dann meistens aus dem Weg. Immer gelingt das aber nicht. Die Jungs albern am Mittagstisch herum und Leon stößt sein volles Glas um. Ich drücke ihm einen Lappen in die Hand und sehe Williams Stimmungsumschwung eine Sekunde zu spät. „Müsst ihr auch am Tisch so aufführen?", blafft er die Jungs an. Raphaela zieht die Zwillinge aus der Schusslinie und Vroni folgt ihnen. „Ihr seid alt genug, um Tischmanieren zu haben", geht es weiter. „Will!", rufe ich aus, „das ist doch jetzt wirklich nicht schlimm." Leon sieht seinen Vater an und während Alex ein „Tschuldigung" murmelt, geht er in Konfrontation: „Kannst du nicht einfach wieder Fußball spielen? Du bist unausstehlich und ich mag dich gerade gar nicht." William holt tief Luft, doch Leon wirft den Lappen auf den Tisch und läuft davon. „Toll gemacht", stoße ich hervor, „es ist nur ein umgefallenes Glas." Mein Mann sieht mich an, als würde er von weit her zurückkommen. Sein Kiefernmuskel arbeitet: „Oh Mann, jetzt geht es los!" Ich trete hinter ihn und er lehnt sich an mich: „Sorry Jess !" „Bei mir musst du dich nicht entschuldigen", lächle ich, „aber du solltest mit den Jungs reden." Er nickt: „Aber noch nicht jetzt. Ich muss erst..." Er zieht mich vor sich und auf seinen Schoß. Sein Kuss ist verzweifelt und doch voller Verlangen. „William", stöhne ich, „Nicht, sonst brauche ich dich noch mehr." „Ich weiß nicht, ob das schon geht, aber wir können es versuchen. Ich geh mich bei den Jungs entschuldigen und du kannst ja im Schlafzimmer warten." Ich schüttle den Kopf: „Lass uns bis heute Abend warten. Komm, wir suchen die Jungs." Ich ziehe ihn hoch und Hand in Hand schlendern wir in den Garten. William holt tief Luft: „Tut mir leid, Jungs. Ich bin einfach unzufrieden mit der Situation. Gut, das ist kein Grund, euch anzumotzen. Verzeiht ihr mir?" Alex nickt sofort, während Leon an seiner Unterlippe kaut. „Leon?". Der Kleine sieht kurz zu mir und wendet sich dann an seinen Vater. „Sorry Papa", flüstert er, „aber wenn du so bist, finde ich dich doof." Meine zwei Männer sind sich so ähnlich, dass Probleme nicht auszuschließen sind. „Das ist auch gut so", lächelt William, „ich mag mich dann nämlich auch nicht. Ich bin dann wirklich doof. Aber ich verspreche dir, ich versuche, es zu vermeiden." „Gut, einverstanden", der Junge nickt, „und ich passe besser auf." „Es war nur ein Glas", grinse ich, „nicht weiter schlimm." Leon versucht ein Lächeln, das aber misslingt. Er wendet sich ab und ich bemerke ein Zucken seines Körpers. Ich lege den Arm um ihn und ziehe ihn von den Anderen weg. „Bist du o.k. Schatz?", frage ich nach. Er schluchzt: „Ich hätte das nicht sagen dürfen, aber..." Ich gehe vor ihm in die Hocke und zwinge ihn, mich anzusehen. „Es ist in Ordnung, Schatz. Papa meint es nicht böse. Er kennt es nicht, dass er nicht spielen kann. Und deshalb wird er manchmal wütend, das ist er aber nicht auf dich oder deine Geschwister, sondern auf sich selbst. Wir müssen Geduld haben. Noch etwa vier Wochen", ich bemerke, dass die Ansprache auch mir gilt. „Sind vier Wochen lang?", fragt Leon. Ich lächle ihn an: „Bis nach den Osterferien." „Was? So lange noch?", Vroni taucht neben uns auf. „Ja, so lange noch. Aber es wird besser, Tag für Tag." „Hoffentlich", denke ich und kehre kurz darauf zu meinem Mann zurück, der sich durch die Bartstoppeln fährt und eine Zigarette in den Fingern dreht, die er schnell verschwinden lässt. Er sieht mich fragend an. „Alles gut", beruhige ich ihn, „es ist ihm nur etwas peinlich."

„Muss es nicht-es war ja doof von mir." Ich stimme ihm wortlos zu: „Kannst du bitte versuchen, deinen Blues nicht an den Kindern auszulassen. Ich halte das aus."

-W-

Ich schüttle den Kopf. Meine Familie kann ja nichts dafür. Max hat mir heute früh eröffnet, dass ich höchstwahrscheinlich doch mit acht Wochen Pause rechnen muss. Die Sehne wird langsam an Belastung gewöhnt und ich kann in 14 Tagen ins Mannschaftstraining einsteigen. Arme Jess. Heute Morgen habe ich erste graue Haare in ihrer dunklen Mähne entdeckt. Alles meine Schuld! Ihre Stimme dringt von weit her zu mir durch. Ich sehe sie liebevoll an und kehre langsam in die Wirklichkeit zurück. „Alles in Ordnung", lächle ich und ziehe sie an mich. „Es tut mir leid, Liebling", murmle ich „ich bin froh, dass es dich gibt. Ohne dich, würde ich das alles nicht schaffen." Bevor sie antworten kann, läutet es. Raphaela öffnet und der Beamte, der für den Überfall zuständig ist, steht kurz darauf auf der Terrasse. „Wir haben den Angreifer gefasst. Und die Frau, die ihnen geholfen hat ist mit der Weitergabe der Daten einverstanden. Sie wohnt ganz in ihrer Nähe", sagt er und reicht mir die Adresse. „Vielen Dank", lächelt Jessica, „wir werden uns bedanken." „Der Fall ist damit für sie abgeschlossen, vom Gericht erhalten sie die Vorladung separat." Wir verschwinden relativ zeitig in unser Zimmer. Jess folgt mir unter die Dusche und fährt leicht über meine Narbe. Die sanfte Berührung genügt, um das Verlangen ins Unermessliche zu steigern. Ich ziehe sie vor mich und dränge sie gegen die Wand. Sie legt die Arme um meinen Hals und ihr Kuss wird stürmisch. Ich schiebe sie aus der Dusche, wir trocknen uns ab und ich schubse sie auf das Bett.

Langsam begeben sich meine Lippen auf Wanderschaft und ich merke, wie sie zum Höhepunkt kommt. Ich lasse mich neben sie sinken und sie setzt sich auf mich, was schnell zu einer gemeinsamen Befriedigung führt. Sorgsam darauf bedacht, dass ich mich nicht von ihr löse, legt sie sich auf meinen Bauch. Ich rolle uns herum und schenke ihr erneut die Erlösung. Danach stütze ich mich auf die gesunde Schulter und küsse ihre Brüste. „Shit!", entfährt es mir, „wir haben nicht..."Sie sieht mich entwaffnend an: „Alles gut, Schatz. Ich bin bereit für ein weiteres Kind." „Sicher? Ich kann auch weiterhin verhüten, wenn du mich nicht so überfällst", presse ich hervor, „Liebling, wir haben erst...". Weiter komme ich nicht, da sie mich stürmisch küsst, offensichtlich ist sie sich sicher. Ich schließe sie fest in meine Arme und wir schlafen engumschlungen ein. Am Morgen bin ich vor ihr wach. Vorsichtig schlüpfe ich aus dem Bett und in eine Jeans. In der Küche treffe ich auf Raphaela, die kurz erschrickt, als sie meine Narbe sieht. „Schlimm?",frage ich sie. Sie nickt. „Wie geht es ihnen William?" „Danke. Den Umständen entsprechend gut. Es tut mir leid, dass du auch unter meinen Launen leiden musst. Ich reiße mich zusammen, versprochen." „Das macht mir nichts. Für Jessica ist es schlimmer", lächelt sie, „sie muss auch als Puffer herhalten. Aber sie macht das gut." „Sag mal, verführst du unser Kindermädchen?", kommt von der Tür. Ich drehe mich zu meiner Frau und sehe sie grinsen. Sie schlendert näher und drückt mir ein Hemd in die Hand. „Dieser Luxuskörper gehört nur mir", flüstert sie. Kichernd bereiten wir das Frühstück und wecken die Kinder. Nach dem Essen bringe ich die Bande in Schule und Kindergarten, bevor ich zu Max fahre. Heute arbeiten wir das erste Mal mit Gewichten und ich bin gespannt, wie es funktioniert.

Rückkehr fraglich

-J-

Die Hausarbeit ist schnell erledigt und Raphaela und ich sehen Florian und Sophie beim Spielen im Garten zu. Vor uns stehen zwei Tassen Kaffee und wir genießen die Frühlingssonne. „Jessica, ich würde nie...",setzt unser Kindermädchen an. Ich sehe sie erstaunt an. „Das war ein Witz", meine ich. „Ja, ich weiß,aber..." „Es tut mir leid, Raphaela, ich wollte dich nicht in Verlegenheit bringen", ich gerate ins Stottern. „Nein, das ist es nicht, Jessica. Er wollte wissen, ob seine Narbe schlimm aussieht. Ich bin etwas erschrocken, als ich sie gesehen habe." „Ja, ich weiß. Ich erschrecke auch noch jedes Mal. Und das ist auch der Grund, warum ich nicht will, dass er oben ohne herumläuft. Es würde die Kinder verstören."

Mein Mann, der immer Wert auf seinen makellosen Körper gelegt hat, kämpft nun mit seiner „Entstellung". Max meint zwar, dass man die Narbe kaum mehr sehen wird, aber sie ist da. Kurz vor 12:00 Uhr begebe ich mich in die Küche. Es gibt Spagetti Bolognese, das Lieblingsessen der Kinder. Die Jungs und ihr Vater treffen kurz darauf ein. William sieht mir über die Schulter: „Mmh, lecker." „Dauert noch etwas, bis Vroni von der Schule kommt. Was sagt Max?" „Ich darf nächste Woche ins Einzeltraining einsteigen- endlich", grinst er, „jetzt geht es aufwärts." „Das ist toll", freue ich mich, „hat ja auch lange genug gedauert." „Fünf Wochen", stöhnt er. „Deckst du bitte den Tisch, die Schonzeit ist vorbei", stichle ich und er macht sich lächelnd an die Arbeit.

-W-

Als der erste Ball auf mich zugeflogen kommt, spüre ich einen stechenden Schmerz und stoße einen Fluch aus. Der Torwarttrainer unterbricht sofort. „Schmerzen Will?" Ich bin versucht zu lügen, aber das würde mir niemand glauben, also nicke ich. Max ist gleich neben mir. „Vielleicht ist es etwas früh", meint er. „Verdammt nein", widerspreche ich, „das geht schon, es muss einfach." „Es muss gar nichts", der Arzt sieht mich tadelnd an, „lieber warten wir noch ein paar Tage..." „NEIN! Mach zu Klaus", fordere ich. Doch nach drei weiteren Schüssen gebe ich auf und schleudere meine Handschuhe von mir. „Will!", Martin steht vor mir und sieht mich stirnrunzelnd an, „bist du o.k.?" Ich schüttle den Kopf: „Ich kann nicht mal die einfachsten Bälle halten." Meine Fußballschuhe fliegen hinterher: „Dieser Idiot! Warum ich?" Martin sieht an mir vorbei und ich fahre herum. Jess steht mit Max am Spielfeldrand. Langsam kommt sie näher: „Jessica, nicht", stöhne ich, „bitte lass mich allein." Sie bleibt auch wirklich stehen. „Schatz, das ist nur eine kleine Verzögerung", flüstert sie, „auf ein oder zwei Tage kommt es nicht an." „Ich werde nie wieder im Tor stehen", presse ich hervor, „das mit dem Comeback war gelogen."

-J-

Ich wende mich Max zu, der den Kopf schüttelt. Ich atme tief ein und lege alles, was ich habe in meine Stimme. „Will Karl, reiß dich zusammen. Was erwartest du ? Nach fünf Wochen da weitermachen, wo du aufgehört hast? Du bist so weit gekommen. Und nun willst du einfach aufgeben? Das lasse ich nicht zu. Ich habe nicht fünf Wochen deine Launen ertragen, damit du jetzt kneifst." Er sieht mich erstaunt an und wendet sich ab, besinnt sich dann aber doch anders. „Was erwartest du von mir?", fragt er. „Mach einfach deinen Job", flüstere ich. William sieht zu Max. „Gut, ich gebe uns eine weitere Woche", murmelt er und lässt mich endlich an sich ran. m „Schatz", meine Stimme ist nun weicher, „lass uns nach Hause fahren, bitte." Er nickt und folgt mir zum Auto. Zuhause verschwindet er im Garten. Ich schicke die Kinder zu Sylvia, um sie aus der Schusslinie zu nehmen, erst dann folge ich ihm. Er sitzt auf der Schaukel und raucht. „Erde an William- jemand da?", lächle ich. Der Blick meines Mannes wirkt verzweifelt. „Was, wenn ich nie wieder spielen kann?", presst er hervor. „Wenn es wirklich so weit kommt, müssen wir damit leben. Aber du hast Max gehört. Er ist der Meinung, dass es wieder funktionieren wird. Nicht heute oder morgen, aber bald. Ich werde dir dabei helfen." Ich merke, dass mein Lächeln ebenso gequält wirkt. „Seit wann gibst du so schnell auf?" Er zuckt mit den Schultern:

„Ich weiß nicht. Ich wollte ja nicht aufhören, aber es geht nicht. Nicht mal die einfachsten Bälle", flüstert er. „Ach Schatz", ich setze mich neben ihn und sehe ihn an, „Ich glaube an dich." Langsam beruhigt er sich und eine Woche später startet er motiviert einen neuen Versuch. Ich stehe am Spielfeldrand und die Fingernägel bohren sich in meine Handflächen . Als der erste Ball kommt, halte ich die Luft an und beobachte ihn genau. Er fängt ihn locker und fordert härtere Schüsse. Martin übernimmt die Aufgabe und schießt einen Elfmeter. William fliegt, ohne nachzudenken, nach dem Ball und landet auf der linken Schulter. Einen Moment lang bleibt er liegen und ich bin drauf und dran, zu ihm zu laufen. Doch dann setzt er sich auf. „Autsch", lacht er, „ich habe fast vergessen, wie hart der Rasen sein kann."

Zurück

-W-

Ich bin doch tatsächlich nach dem Ball geflogen. Ohne Nachdenken und nahezu ohne Schmerz. Nun ja, fast. Ich grinse in Jess Richtung; sie hat wieder einmal recht behalten. Ich habe den Kopf ausgeschaltet und meinen Job gemacht. Schnell fordere ich weitere Bälle und ignoriere den leichten Schmerz in der Schulter. Max untersucht sie nach dem Training und stellt fest, dass nichts passiert ist. Ich komme aus der Praxis und sehe in das strahlende Gesicht meiner Frau. Schwungvoll hebe ich sie hoch und schwenke Jess herum. „William nicht, ich bin zu schwer", moniert sie, so setze ich sie ab und küsse sie stürmisch. „Danke", flüstere ich in ihr Haar. „Gern geschehen", grinst sie zurück. Zuhause sehe ich in fragende Kindergesichter, da meine Stimmung zu gut ist. Jess weiht sie ein, während ich Mum und Dad ins Bild setze. Sie freuen sich diebisch über die guten Nachrichten. Ich tobe mit den Kindern durch den Garten, während Jess und Raphaela das Mittagessen vorbereiten. Wir verspeisen Schnitzel und Pommes. „Bist du jetzt wieder ganz gesund?", fragt Vroni. „Noch nicht ganz, aber fast. Es wird schon", entgegne ich. „Das ist gut", findet unsere Älteste und meine Frau lächelt sie an. Es wird ein entspannter Nachmittag und eine leidenschaftliche Nacht. Und da es wieder läuft, fahre ich motivierter ins Training, weitere 14 Tage später stehe ich im

Kader, wenn auch noch als Auswechselspieler - aber das wird sich hoffentlich bald ändern. Kurz vor Spielende wechselt mich der Trainer ein und gönnt mir zehn Minuten Spielpraxis. Ich sauge die Atmosphäre auf und genieße sie.

Neuer Lebensabschnitt

-J-

Er strahlt, als er aus dem Spielerbereich kommt und schwenkt mich herum. Hoffentlich wird das Jahr jetzt ruhiger. Meine Krankheit, die Fehlgeburt und seine Verletzung sind genug für ein ganzes Leben. Am Montag kommt der nächste große Schritt für Leon, die Schuleinschreibung und kurz darauf sein sechster Geburtstag. Wir haben einen Einschreibekorridor bekommen, der mit Williams Trainingszeiten vereinbar ist. Und so starten wir drei zur Mission zweites Schulkind. Leon schlägt sich gut, er kann lesen, alle Buchstaben schreiben und das Rechnen bis 20 ist kein Problem mehr. Ich habe zwar versucht, den Lerneifer der Jungs zu zügeln, aber auch Alexander will lesen lernen und nervt Raphaela, seine große Schwester und mich damit. William lässt den Termin in der Schule eher widerwillig

148

über sich ergehen. Mit allen notwendigen Papieren, v.a. Geburtsurkunde, Aufenthaltsbestimmungsrecht, Sorgerecht und der Vollmacht für mich ausgestattet, sitzen wir vor der Lehrkraft. Da mein Ehemann nur einsilbig antwortet, hängt es an mir zu den Datensatz zu vervollständigen. Als ich Raphaela als Ersatzkontakt angebe, merkt man der jungen Kollegin ihre Gedanken förmlich an und so bin auch ich froh, den Raum verlassen zu können. Während wir auf unseren Sohn warten, fragt William nach: „Ist diese Fragerei eigentlich normal?" Ich lächle: „Eigentlich schon, aber wir sind nun mal keine gewöhnliche Familie." „Ja, wahrscheinlich", stimmt er zu, „solange die Kinder nicht darunter leiden." „Das werden sie nicht, immerhin wird Vroni seit fast zwei Jahren normal behandelt. Die Kollegin ist jung und war mit dem Beruf Fußballprofi überfordert. Und dann noch die fünf Geschwister und Raphaela. Leon freut sich riesig, auf die Schule", grinse ich. Und wie aufs Stichwort erscheint unser Sohn strahlend: „Das hat Spaß gemacht." Ich umarme ihn kurz und William hebt ihn auf seine Schultern. „Das ist doch toll. Weißt du was, Schatz, wir bringen Papa ins Training und fahren

dann Schulsachen kaufen. Hast du Lust?", frage
ich ihn, als wir das Schulgebäude verlassen. Ich
sehe mich noch einmal um und verspüre eine
leise Sehnsucht. Nachdem wir William am Trainingsgelände abgeladen haben, fahren wir los.
Leon ist von der Auswahl der Ranzen leicht ge-
plättet, sucht sich aber letztendlich drei Motive
aus – Fußball, Raumfahrt und Autos. Ich lächle
ihn an und warte weiterhin geduldig auf die End-
auswahl, die auch erfolgt- Fußball, was für eine
Überraschung! Die Verkäuferin hat inzwischen
den Rest der Liste herausgesucht und Leon be-
steht darauf, dass alles in seinen Ranzen gepackt
wird. Und den trägt er dann stolz aus dem Laden.
Da wir etwas Zeit haben, bis wir den Vater vom
Training abholen können, gönnen wir uns beide
ein Eis. „Hast du eigentlich einen großen Ge-
burtstagswunsch?", frage ich ihn. Er setzt sein
Denkergesicht auf. „Ich glaube nicht", antwortet
er, „eigentlich wollte ich mir den Ranzen wünschen." Ich lächle ihn an: „Das ist zwar eine tolle
Idee, aber ich finde, dass ist kein Geburtstagsge-
schenk. Jedes Kind braucht einen Ranzen." „Na
gut. Dann denke ich noch einmal nach", meint
er, „reicht es heute Abend?" „Klar doch", beru-

hige ich ihn, „oder morgen. Und wenn dir gar nichts einfällt, müssen Papa und ich nachdenken." Wir fahren zurück zum Trainingsgelände, wo wir bereits erwartet werden. „Und, hast du etwas Schönes gefunden?", fragt der stolze Vater und der Kleine nickt. „Einen Fußballranzen." „War ja klar." Zuhause muss der Ranzen erst von allen Geschwistern begutachtet werden, bevor Leon ihn unter seinen neuen Schreibtisch räumt und in den Garten läuft.

-W-

Nach dem Abendessen kommt Leon auf uns zu und drückt Jess ein Blatt Papier in die Hand. Bei einem Glas Wein lesen wir die Wunschliste unseres Sohnes, wo die erste Zeile mit rotem Strich fett durchgestrichen ist. „Ein Ranzen?", frage ich. „Ja, sein größter Wunsch. Aber ich habe gemeint, dass ist nicht unbedingt ein Geschenk", antwortet meine Frau, „ich fahre morgen einkaufen." Ich grinse, als ich die Liste weiter studiere, auf der Lego-Sets und Spiele stehen. „Kein Wunsch , nur für sich selbst", stelle ich fest, „das ist das Resultat deiner Erziehung, Liebling." Sie errötet und ich rutsche näher, um sie zu küssen. „Mir fällt schon was ein, nur für ihn. Kannst du den Ball besorgen?" „Klar, mache ich morgen, nach dem Training", versichere ich, „brauchst du Hilfe beim Rest?" Sie schüttelt den Kopf und lehnt sich an mich, dabei lächelt sie geheimnisvoll. „Jess?" „Was? Ich habe gerade daran gedacht, wie groß er wird und wie kurz es erscheint, als er in mein Leben getreten ist." „Mmh, der Tag im Zoo", meine Stimme wird leiser, „und dann die vierzehn Tage in unserer nagelneuen Beziehung. War ein großer Schritt für dich." „Keiner, den ich bereue", flüstert sie an meiner Brust, „der Beginn meiner Zeit als Mama." „Und als Liebe meines Lebens", murmle ich, „ich hätte nie gedacht, dass ich mich mal einer Frau so verbunden fühlen würde." „Hey, was wird das denn?", sie knufft mich spielerisch, „du Romantiker." Ich pruste los und hebe sie von der Couch. Sie versteht den Wink sofort und schlendert vor mir her in Richtung Schlafzimmer. Ich nehme die zwei Weingläser mit nach oben, wo meine Frau bereits unter der Dusche steht. Ich stelle die Gläser ab, schlüpfe aus der Kleidung und folge ihr. Sie küsst mich und fährt dann an meiner Narbe entlang. Ich erschaudere und will mich von ihr abwenden, doch sie steht so dicht hinter mir, dass ich mich nicht bewegen kann. „Jess, nicht", stöhne ich, „nicht hier." Sie stellt sich nun vor mich und das Wasser läuft über ihren makellosen Körper. „Schämst du dich?", ihre Stimme klingt heiser, „die Narbe wird immer zu dir gehören. Und sie wird heller werden." Ich schüttle den Kopf: „Das ist es nicht. Ich finde sie nur nicht sehr erotisch. Und jedes Mal wenn ich sie sehe, muss ich an den Überfall denken. Ich habe es noch nicht einmal geschafft, mich bei meiner Lebensretterin zu bedanken." Sie nickt: „Das machen wir morgen nach deinem Training. Ich besorge einen Blumenstrauß." „Danke", ich schließe sie in die Arme und küsse sie leidenschaftlich. Kurz darauf werfe ich sie auf das Bett und wir geben uns unserer Erregung hin.

Dank

-J-

Ich bringe die Jungs in den Kindergarten und begebe mich in den Spielwarenladen. Der Wunschzettel ist schnell abgearbeitet. Das Geschenk für ihn erweist sich als schwierig. Durch die Übernahme von Vronis Fahrrad fällt das schon einmal weg. Warum habe ich die Kinder nur so sozial erzogen? - Scherz! Die Großeltern haben zusammengelegt und mit unserem Einverständnis ein Trampolin gekauft, ein Wunsch der Großen. Ich schlendere durch die Fußgängerzone und plötzlich habe eine Idee, die ich aber mit William absprechen muss. Ich besorge einen riesigen Blumenstrauß und hole dann meinen Mann vom Training ab. Gemeinsam fahren wir zur erhaltenen Adresse und klingeln an der betroffenen Tür. Ein kleines Mädchen öffnet die Tür: „Hallo, ist deine Mama da?", frage ich lächelnd. „Mamaaaa!!", schallt es durch den Gang und kurz darauf steht eine junge Frau vor uns. Ich schiebe meinen Mann nach vorne. Ungewohnt unbeholfen hält er den Strauß vor sich. „Ich wollte mich bei ihnen bedanken, dass sie mir das Leben gerettet haben. Es ist nur eine kleine Aufmerksamkeit", lächelt er. Das Gegenüber grinst zurück: „Vielen Dank, aber das war doch selbstverständlich." Von hinten schiebt sich ein Junge, im Alter von unseren an seiner Mutter vorbei: „Wow, Will Karl", ruft er aus, „kannst du mein Trikot unterschreiben?" Und weg ist er. „Tut mir leid", flüstert die junge Frau. „Kein Problem", Williams Lächeln wird breiter, „wir haben selber zwei in dem Alter. Bin gleich wieder da." Kurz darauf kommt er mit dem Ball zurück. „Ich besorge morgen einen neuen." Er drückt dem Kleinen das Geschenk in die Hand und unterschreibt das Trikot. Der Junge verschwindet sofort. „Das wäre nicht nötig gewesen, Herr Karl. Vielen Dank für die Blumen und den Ball. Für mich ist es selbstverständlich, zu helfen – abgesehen davon, dass ich sie nicht erkannt habe. Geht es ihnen gut?" „Ja, dank ihnen ist außer einer riesigen Narbe nichts geblieben. Ich kann nur die Strecke nicht mehr laufen", antwortet er und ich schüttle verwundert den Kopf. Das hat er gar nicht erzählt, er läuft doch täglich. Wir verabschieden uns. „Hast du alles bekommen?", fragt er. „Ja, fast, aber du weichst aus", murmle ich, „warum hast du mir nicht erzählt, dass du die Strecke meidest?" „Weil du dir sonst Sorgen gemacht hättest. Das wird schon wieder. Mit Ahmet bin ich sie ja auch schon gelaufen", rechtfertigt er sich, „ich besorge morgen einen neuen Ball." Ich runzle die Stirn – er weicht schon wieder aus. Aber für den Moment lasse ich es so stehen. „Ich habe übrigens eine Geschenkidee. Würde zwar auch unser Leben bereichern, aber ich weiß, dass Leon es sich schon länger wünscht." „Bist du sicher?", fragt er nach, als ich ihn eingeweiht habe, „aber du weißt, dass die Arbeit an dir hängen bleiben wird." Ich nicke: „Schon, aber was hältst du davon?" „Ich wäre nicht abgeneigt. Ich hätte als Kind auch gern eine gehabt", lächelt er. So begeben wir uns zum Zoogeschäft und besorgen alles Nötige. Am Geburtstag schnappen wir uns unseren Sohn vor dem Kindergarten und fahren los, um seine Überraschung zu holen. Ich habe bereits alles andere aufgebaut und als William den Kernel aus dem Kofferraum holt, strahlt der Kleine über beide Ohren: „Eine Katze. Wirklich? Wow-Danke!" „Lass uns nachsehen, ob dich eine auswählt", lächle ich. Wir überlassen ihm die Auswahl und er lässt sich Zeit.

Familienerweiterung

-W-

Ich sehe fasziniert zu, mit welcher Sorgfalt Leon sein Geschenk aussucht. Er setzt sich mitten in den Raum auf den Boden und wartet. Ein Kätzchen nach dem anderen nähert sich ihm und er streichelt sie. Plötzlich leuchten seine Augen auf.

156

Ein kleines, schwarz-weißes Kätzchen kommt vorsichtig näher. Er streckt die Hand aus und die Kleine schmiegt sich hinein. „Das ist es", murmelt er, „geht das?" Ich mache mich auf die Suche nach einer Mitarbeiterin und kurz darauf haben wir ein weiteres Familienmitglied. Leon hält seine Lucy, wie er sie nennt, fest, während wir den Vertrag unterschreiben. Zuhause wartet der Rest der Familie mit Schnitzel und Pommes auf uns. Lucy wird mit Begeisterung aufgenommen. „Ihr müsst aber aufpassen, dass sie die nächsten Wochen nicht nach draußen läuft", prägt meine Frau den Kindern ein, „Nicht stören, wenn Lucy schläft und nur streicheln, wenn sie es will. Wir müssen ihr Zeit geben, sich an uns zu gewöhnen." Die Katze rollt sich in ihrem neuen Körbchen zusammen und schläft ein. Sie wird sich ihren Sklaven selbst wählen. Leon setzt sich neben sie und fängt mit Alex an zu bauen. Zum Kaffeetrinken kommen Ahmet und Sylvia mit den Kindern und wir Männer stellen das Trampolin auf. Im Garten wird es langsam eng, das Klettergerüst, Sandkasten, Rutsche und das Trampolin. Nichts mehr zu sehen von meinem gepflegten Rasen, was mir aber nichts ausmacht, im Gegenteil. Unsere Bande tobt im Garten, während Jess den Kuchen holt und nebenbei Lucy füttert. Sylvia hilft ihr beim Tischdecken, und ich sehe, wie meine Frau ihr um den Hals fällt. „Ich hoffe es trifft dich nicht zu sehr", höre ich Sylvia, auf dem Weg nach drinnen. Jess strahlt die Freundin an und ich verharre in der Tür. „Nein, ich freue mich für dich, ehrlich." „Ist Sylvia schwanger?", frage ich den Freund. Er sieht mich an und nickt: „Woher weißt du? Hat sie es Jess endlich gesagt? Und wie hat Jess es aufgenommen?" Das Lachen der Frauen erspart mir die Antwort, doch als wir allein sind, frage ich vorsichtig nach. „Wie fühlst du dich?" Sie grinst: „Gut, wieso? Weil Sylvia schwanger ist? Ich freue mich auf ein weiteres Patenkind." Ich ziehe sie an mich, Arm in Arm sehen wir nach den Kindern und stellen fest, dass Lucy sich in Leons Bett geschummelt hat. Beim Aufräumen beobachte ich sie genau, doch sie scheint die Wahrheit zu sagen. „Lust auf einen Spaziergang?", fragt sie und nachdem wir Raphaela Bescheid gegeben haben, schlendern wir engumschlungen los. Als mir bewusst wird, wohin uns der Weg führt, verkrampfe ich.

-J-

„Schaffst du es?", frage ich ihn vorsichtig, als ich merke, wie er sich verkrampft. Er sieht mich verzweifelt an, nickt, aber der Griff um meine Schultern verstärkt sich. „Ich bin bei dir", flüstere ich. Auch mir ist etwas flau im Magen, doch ich will es mir nicht anmerken lassen. Schließlich erreichen wir die Angriffsstelle und ich merke, wie William die Luft anhält. Er lässt mich los, stützt sich gegen den Baum und es dauert eine Weile, bis er ruhiger atmet. Er sieht mich danach lächelnd an: „Ich danke dir, Liebling. Alles ist gut." Ich finde mich in seinen Armen wieder und William küsst mich stürmisch und leidenschaftlich. So schnell es geht begeben wir uns nach Hause und ins Schlafzimmer. Er zieht sein Hemd aus und steht nur in Jeans bekleidet vor mir. Nun ist es an mir, nach Luft zu ringen, William lächelt und zieht mir das Shirt über den Kopf. Er mustert mich ungeniert: „Sag mal, kann es sein, dass sich dein Körper verändert hat? Deine Brüste sehen etwas voller aus." Ich runzle die Stirn: „Wahrscheinlich zu viel Geburtstagskuchen." „Nun ja, vielleicht irre ich mich auch.

Ich liebe jeden mm deines Körpers", raunt er und fährt mit den Daumen über meine Brüste. Ich stehe sofort in Flammen, greife nach seiner Hose, die er mit einem Schwung von sich befördert. Seine Hände fahren in meinen Hosenbund und mit einem schnellen Zug stehe ich nackt vor ihm. William hebt mich hoch, ich schlinge die Beine um ihn und mit einem heißen Kuss trägt er mich zum Bett, wo er mich sanft ablegt. Danach tritt er einen Schritt zurück und allein sein Blick genügt, um mein Verlangen ins Unermessliche zu steigern, doch er lässt mich schmoren. „William?" „Mmh, Liebling?" Ich strecke die Arme nach ihm aus und endlich kommt er näher. Vorsichtig nimmt er eine meiner Brüste zwischen die Zähne und ein leichter Biss genügt, um mir den ersten Höhepunkt zu schenken. Er lächelt breiter, als er in mich eindringt, ich biege mich ihm entgegen und kralle mich in seinem Rücken. Er bewegt sich langsam in mir und verwöhnt meine Brüste mit Händen und Zunge. Mit dem Gefühl einer Explosion in mir erreichen wir den nächsten Höhepunkt, als er sich in mich ergießt. Danach zieht er sich jedoch nicht zurück, sondern steigert seine Bewegungen langsam. Ich merke, wie er erneut hart wird und mich vollständig ausfüllt, doch er lässt sich wiederum Zeit. Und ich? Ich liefere mich ihm wieder einmal vollständig aus. Doch bevor ich ihn erneut anflehen kann, kommt er und die Woge der Erregung spült über uns hinweg.

-W-

Ich löse mich langsam von ihr, sie schmiegt sich an mich und schläft sofort ein. Ich hauche einen zarten Kuss auf ihren Scheitel und lege die Decke über sie. Sie ist einfach der Wahnsinn, mein Unterleib reagiert erneut und ich atme das Verlangen weg. Sie öffnet die Augen, grinst und rollt sich auf mich, um mir die Erfüllung zu schenken. „Oh Mann, Liebling – was für eine Nacht - ich liebe dich und jetzt bekomme ich auch noch rechts eine Narbe", lächle ich. „Oh Gott, Schatz, das tut mir leid", wispert sie. „Wie soll ich das nur meiner Frau erklären?", ziehe ich sie auf. Sie kuschelt sich an mich und steigt sofort darauf ein. „Deine Geliebte ist einfach unersättlich- da kann sie als Mutter leider nicht mithalten." Ich lache kurz auf. „Wie gut, dass du alles in Persona bist", die Laune ist bestens und als sie ihre Lippen an meinen Oberkörper legt, reagiert mein

Körper sofort. Ich stöhne auf und ziehe sie auf mich. „Liebes, wenn du so weiter machst, schwindet meine Chance auf Rückeroberung meines Stammplatzes in weite Ferne", stöhne ich, als sie sich auf mich sinken lässt. Sie will sich sofort zurückziehen, doch ich ziehe sie unter mich und es gibt eine kurze Zusatzrunde, danach schlafen wir beide ein. Am Morgen schlüpfe ich vorsichtig aus dem Bett, wecke die Kinder und bitte Raphaela, die Jungs in den Kindergarten zu bringen und die Zwillinge mitzunehmen. Als wir das Haus verlassen, schläft Jessica noch und ich lächle, als ich zu Ahmet ins Auto steige. Nach dem Training stehe ich unter der Dusche und sorge durch die Kratzer auf meiner Schulter zur Belustigung meiner Kollegen. „Stürmische Nacht?", Martin traut sich als einziger. „Mmh, und kurz war sie auch noch", antworte ich. „Hat dir aber offensichtlich nicht geschadet", hören wir die Stimme des Trainers, „fühlst du dich bereit, am Samstag zu spielen?" „Wie? Traust du mir das schon zu?" „Ich schon, was ist mit dir?" Ich muss darüber nicht lange nachdenken. „Natürlich. Ist das für dich o.k., Toby?" Dieser wirft den Handschuh nach mir. „Klar, ich vertrete dich gerne, aber solange du spielen kannst, ist es dein Tor." Meine Rückkehr macht schnell die Runde und auf der Heimfahrt fragt Ahmet. „Lust auf Grillen bei uns?" „Wenn Vroni mit den Hausaufgaben fertig ist und Jess nichts dagegen hat." „Die hat schon zugesagt, sie warten bei uns."

Frau, Mutter, Geliebte

-J-

Es schmerzt jede Faser meines Körpers- was für eine Nacht. Ich lächle vor mich hin, während wir die Salate vorbereiten. Gegen 15:30 Uhr machen wir uns auf den Weg zu Sylvia. Die Männer kommen kurz darauf und William schwenkt mich herum. „Ich spiele am Samstag gegen Leverkusen", grinst er. „Super! Das heißt, du bist wieder da", strahle ich ihn an, „das heißt aber auch, heute Nacht wird es ruhig." „Jetzt sag nur, es hat dir nicht gefallen?", stichelt er. „Mir tut alles weh!", flüstere ich, „aber ich bin einer Fortsetzung nicht abgeneigt." „Morgen, Jess, versprochen." „Hey, ihr Turteltauben, das Essen ist fertig", stört Ahmet. William lässt mich los und und wir fangen an zu essen. Danach toben die Kinder durch den Garten, der ebenso kinder-

163

freundlich ausgestattet ist wie unserer. Raphaela und Karla, Sylvias au pair, übernehmen die Aufsicht. Die beiden sind inzwischen gut befreundet und wir versuchen, ihnen gleichzeitig freizugeben, so auch am Sonntag. Wir lächeln und unterhalten uns angeregt. „Gut, dass du unseren Torwart so auf Trab hältst." „Ich habe keine Ahnung, wovon du sprichst", gebe ich mich unschuldig. William bricht in schallendes Lachen aus- oh Mann, wie ich dieses kehlige Lachen liebe. „Shit, dann war es wohl meine Geliebte,"presst er hervor. Sylvia sieht ihn entsetzt an und ihr Blick wird noch verzweifelter, als sie in meine Richtung blickt. Vor allem, als ich in ein unkontrolliertes Kichern ausbreche. „Ehefrau, Mutter und Geliebte in einer Person", presst William hervor, da ich nicht fähig bin zu antworten. Nun schmunzeln die beiden Freunde mit und es wird ein entspannter Nachmittag. Erst gegen 20:00 Uhr machen wir uns auf den Weg nach Hause. Die Zwillinge schlafen schon auf dem Weg ein und auch die Jungs sind ziemlich fertig. Leon schnappt sich Lucy und verschwindet nach oben. Alex und Vroni folgen kurz darauf. Ich sehe dreißig Minuten später nach, aber die Kids und Lucy schlafen tief und fest. Wir ziehen uns in den Garten zurück. „Hast du Sylvias entsetztes Gesicht gesehen, als du von deiner Geliebten gesprochen hast?" , frage ich ihn. Er zündet sich eine Zigarette an und sieht mich lächelnd an. „Nun ja, sie kennt mich noch von früher", murmelt er, „Will Karl der Womenizer, schläft mit Ehefrau und Geliebter parallel." Bei der Erwähnung von Pamela muss ich schlucken. „Aber das ist Geschichte, Liebling", fügt er sofort hinzu, als er meine Reaktion bemerkt. Ich schmiege mich an ihn und er legt den Arm um mich. Ich blase den Rauch von mir und er löscht die Zigarette sofort. Er weiß, dass ich dagegen bin, aber manchmal braucht er es einfach. Und solange es nur eine am Tag ist.

Zurück in der Mannschaft

-W-

Das gibt es nicht, ich bin doch tatsächlich nervös. Beim Einlaufen und als bei der Aufstellung mein Name fällt, ist die Routine wieder da. Nach einigen Minuten genieße ich die Atmosphäre und die Gedanken an die Verletzung verschwinden. Ich werde ein paar Mal gefordert, schaffe es aber, meinen Kasten sauber zu halten. Nach 80 Minuten und einem Spielstand von 3:0 wechselt der Trainer mich aus. Das ist abgesprochen und ich bin auch fertig. Die acht Wochen Pause wirken nach. Es wird besser werden und spätestens zu neuen Saison bin ich wieder topfit. Toby ist ein würdiger Vertreter und das Spiel endet 4:1. Jess wartet vor der Arena auf mich und wir fahren zurück zur Familie, wo kurz darauf eine rege Diskussion über das morgige Ausflugsziel startet. Die Kinderwünsche klaffen weit auseinander, doch schließlich einigen sie sich auf den Zoo. Jess lächelt und denkt sicher, wie ich, an unseren Familienausflug, an dem ich meiner besten Freundin meine Kinder vorgestellt habe. Seitdem hat sich viel verändert und wir starten am Morgen als Großfamilie in Richtung Zoo. Zuvor muss ich noch mein Versprechen einlösen und meiner Frau eine heiße, unvergessliche Nacht bescheren. Unser Liebesleben ist von Anfang an sehr stürmisch, aber im Moment ist es unglaublich. Und es braucht nicht viel, um mich zu erregen. Umgekehrt scheint es ebenfalls so zu sein, und das, obwohl die Erziehung unserer fünf Kinder meiner Frau sicher eine Menge abverlangt.

Ich packe sie in die Badewanne und lasse ihr Zeit, zu entspannen, erst dann leiste ich ihr Gesellschaft. Ich gleite hinter sie und ziehe sie an mich. Ihr Körper reagiert sofort und sie lehnt sich soweit zurück, dass ich ihre Brüste liebkosen kann. Die Nacht wird lang und sie schläft erst spät in meinen Armen ein. Am frühen Morgen sind wir beide wach und ich verschwinde unter der Dusche. Sie lächelt und küsst mich kurz, bevor sie nackt an das Waschbecken tritt. Sie ist sich der Situation durchaus bewusst, und ich wende mich ab, um sie nicht sofort an mich zu ziehen. Ich beeile mich und sie schlüpft an mir vorbei. Mit Jeans und Shirt ausgestattet begebe ich mich in die Küche, um das Frühstück vorzubereiten. Raphaela bringt die Zwillinge und die Jungs. Leon füttert Lucy und wir warten auf die restlichen zwei. Vroni kommt kurz darauf und als Jess in einem gelb-geblümten Sommerkleid erscheint, bleibt mir kurz die Luft weg. Eine Stunde später sind wir auf dem Weg. Vor dem Zoo setze ich gewohnheitsmäßig die Sonnenbrille auf und die Zwillinge in den Buggy. Florian sträubt sich etwas, aber ich lasse keinen Einwand gelten. Jess, ebenfalls durch Brille und weißen

Hut geschützt, kauft die Karten und wir tigern kreuz und quer durch den Zoo, um alle Tierwünsche der Kinder zu erfüllen. Auf dem großen Spielplatz machen wir erneut Pause, meine Frau holt Hot Dogs und Pommes zum Mittagessen. Später tobe ich mit den Kindern über den Platz, während Jess von der Bank aus zusieht. Sie sieht müde aus, ich muss mich etwas zügeln und ihr mehr Schlaf gönnen. Aber ihre Augen leuchten, als sie Hut und Brille abnimmt und ihre dunkle Mähne schüttelt. Ich fordere eine Pause und setze mich neben meine Frau. „Wow, haben die eine Energie. Geht es dir gut?" Sie nickt: „Etwas müde, aber sonst geht es mir gut. Soll ich dich ablösen?" Ich schüttle den Kopf: „Nein, schon o.k. Soll ja gut sein für die Kondition. Mir fehlen mindestens zehn Minuten." Ich lächle und stürze mich erneut in das Spiel. Vroni setzt sich nun zu ihrer Mutter und sie sind bald in ein Gespräch vertieft. Eine halbe Stunde später setzen wir unsere Zoorally fort. Am frühen Nachmittag sind wir alle müde und begeben uns nach Hause.

Was ist nur los?

-J-

Ich schleudere meine Schuhe von mir und lasse mich auf die Couch fallen. Raphaela ist bereits da und übernimmt die Kinder. Ich lächle sie dankbar an und nehme das Glas Wasser, das William mir reicht. „Geht es dir wirklich gut?", in seiner Stimme schwingt die Sorge mit. „Du siehst müde aus. Vielleicht sollten wir etwas kürzer treten. Ein oder zwei Tage." „Ja, vielleicht, ich muss etwas Kräfte tanken. Aber sonst geht es mir gut." Die Kinder erzählen Raphaela von ihrem Tag. Lucy rollt sich wie immer, auf Leons Schoß zusammen und unser Wirbelwind wird sofort ruhiger. Die kleine Katze hat sich ihn als ihre große Liebe ausgesucht und weicht ihm kaum von der Seite. Auf dem AB ist ein Anruf von Johannes, so ruft William zurück. Er kommt mit einem breiten Lächeln ins Wohnzimmer: „Mein Neffe Felix ist heute früh um 4:48 Uhr geboren. Mutter, Vater und Kind sind gesund." „Wow, das ist eine tolle Nachricht", lächle ich, merke aber, wie sich ein seltsames Gefühl ausbreitet. „Ich geh mich kurz umziehen", murmle ich und renne nach oben. Gerade noch rechtzeitig, denn kaum schließe ich die Tür, kommen schon die Tränen. Ich lasse sie laufen, während ich das Kleid gegen Shirt und Shorts tausche. Zwei starke Arme umschließen mich und ich zucke zusammen. „Ich wusste es", murmelt er, „alles wird gut, Liebling. Lass es raus, ich bin bei dir."

-W-

Oh Gott, die Ärmste. Nach außen so tough, aber innerlich hat sie den Verlust nicht verdaut. Und gerade jetzt, wo unser Kind zur Welt kommen sollte, erweise ich mich als Trampeltier, aber ich habe mich so über die Geburt meines Neffen gefreut, dass ich nicht nachgedacht habe. Nachdem sie so entspannt auf Sylvias Schwangerschaft reagiert hat, war ich der Meinung, es wäre überstanden. Tja, falsch gedacht. Ich halte sie fest und hoffe, dass sie sich beruhigt. Sie holt tief Luft und wischt sich die Tränen aus dem Gesicht. „Alles gut William. Keine Ahnung, was los ist." Ich lasse mich aufs Bett sinken und ziehe sie auf meinen Schoß. Sie lehnt sich an mich und in ihren blauen Augen stehen erneut Tränen. „Liebling?" Wie kann ich ihr nur helfen. Plötzlich windet sie sich aus meinen Armen und rennt ins Bad. Ich folge ihr langsam und finde sie am Badewannenrand sitzen. Doch als ich näher komme, lächelt sie. „Was?" „Offensichtlich hast du getroffen. Mir ist schlecht. Wahrscheinlich bin ich deshalb so sensibel. Ich bin schon zwei Wochen überfällig." Ich schüttle den Kopf: „Und dann lässt du zu, dass wir wilden, harten Sex haben? Oh Mann, Liebling, warum sagst du nichts?" Ich habe mich doch nicht getäuscht, ihre Brüste sind voller geworden. „Und wenn es wieder schief geht?", sie klingt verzweifelt. „Das wird es nicht, Jess, aber wenn du wirklich schwanger bist, ist es vorbei mit animalischem Sex." „Ach ne", grinst sie, „holst du mir bitte einen Test?" „Klar, ich sag nur schnell Raphaela Bescheid, damit sie ein Auge auf dich wirft", lächle ich, „bin gleich wieder da." Zehn Minuten später warten wir gebannt auf das Ergebnis. Als es piepst, greift sie sofort nach dem Test und stößt einen kleinen Schrei aus. „Und?", frage ich ungeduldig, nehme ihr das Stäbchen aus der Hand und lese „schwanger". Sie fällt in meine ausgestreckten Arme und ich halte sie fest. „Ich bin doch tatsächlich schwanger – ist das nicht toll?", strahlt sie. „Das ist spitze, Liebling, ich freue mich tierisch. Und du wirst sehen, dieses Mal geht es gut. Lass uns morgen einen Termin machen, dann erfahren wir, ob wir auf etwas achten müssen." Bevor ich ins Training fahre, ist der Termin fixiert und wir treffen uns zwischen zwei Trainingseinheiten beim Arzt. Dieser beruhigt uns und das Strahlen meiner Frau wird breiter. „Eine spezielle Schonung ist nicht nötig. Etwas Folsäure genügt. Aber aufgrund ihrer Vorgeschichte sollten wir mehr Vorsorgetermine einplanen. Aber das dürfte ja kein Problem sein." Jess begleitet mich zum Training und Sylvia hat als Schwangere den dritten Blick. „Sag mal, kann es sein, dass du auch schwanger bist?", höre ich noch und sehe, wie meine Frau begeistert nickt. Sylvia nimmt sie stürmisch in den Arm. Ich grinse und trainiere hart, doch kaum pfeift der Trainer das Training ab, schleudere ich Handschuhe und Fußballschuhe in die Tasche und verschwinde unter die Dusche. „Behaltet es bitte noch für euch, bis die kritische Zeit vorbei ist", bittet sie die Freundinnen, als ich die Umkleide verlasse. Wir haben beschlossen, es den Kindern und der Familie erst zu sagen, wenn es sicher ist. Die nächsten zwei Monate vergehen wie im Flug und schließlich ist es soweit. Sie erzählt es ihren Eltern am Telefon und als wir nach Hamburg zur Taufe von Felix fahren, erfahren es die Kinder, die sich darüber tierisch freuen. Und aufgrund unserer guten Laune ahnt Mum es bereits, bevor wir ein Wort sagen können. „Oh Mann Kinder, das freut mich," grinsen meine Eltern.

Viktoria

-J-

Ich genieße jeden Moment der Schwangerschaft und in den Sommerferien wölbt sich mein Bauch endlich. Am zweiten Geburtstag der Zwillinge treffen alle Familienmitglieder bei uns ein und wir lernen Marie-Luise, Bettys Tochter kennen. Am Morgen war ich beim Arzt und präsentiere das neueste Ultraschallbild. „Das ist Viktoria", lächle ich. William grinst und Dad strahlt: „Du wolltest doch noch eine Prinzessin. Glückwunsch mein Schatz."Abends im Bett fragt Will nach: „Viktoria?" Ich antworte etwas verunsichert: „Ich finde den Namen passend, aber wenn du..." Er zieht mein Oberteil nach oben: „Was meinst du? Willst du Viktoria heißen?" Doch unsere Tochter scheint zu schlafen. „Gut, dann also eine Viktoria", grinst er und greift erneut nach dem

Oberteil: „Ups, falsche Richtung." Ich liege mit nacktem Oberkörper vor ihm und merke, wie ich die Luft anhalte. In den letzten fünf Monaten hatten wir nur ganz normalen Sex, doch das Flackern in seinen Augen verspricht einiges. Er umfasst meine Brüste und verwöhnt sie zärtlich. Ich biege mich ihm entgegen, doch er schüttelt den Kopf. „Noch nicht, Liebling."Er verwöhnt die Brüste mit der Zunge und beißt zart zu. Mir entfährt ein spitzer Schrei und er hört sofort auf. Doch mein Körper verlangt mehr, so dass ich ungeduldig an seiner Short zerre. Er schlüpft aus seiner Hose und hilft mir ebenfalls heraus. Er widmet sich weiter meinen Brüsten und ich ziehe ihn zu mir. Doch bevor er eindringt, zieht er mich auf sich, und ich nehme ihn tief in mir auf. Er greift erneut nach meinen Brüsten und führt uns so zu einem gigantischen Höhepunkt. Ich sinke auf ihn und er küsst mich stürmisch. „Wow, habe ich das vermisst", murmle ich.

-W-

Ich lächle sie an. „Wenn unsere Tochter da ist, bekommst du das jede-nun ja- fast jede Nacht.

Bis dahin nur ab und zu." Sie schmiegt sich an mich und schläft ein. Aufgrund ihrer Schwangerschaft fahren wir an den Gardasee in Urlaub. Raphaela verzichtet extra auf ihre freie Zeit und begleitet uns für die zwei Wochen. Wir genießen den Urlaub und ich bringe den Jungs das Schwimmen bei. Die Zwillinge bewegen sich sicher mit Schwimmgurten im Kinderbecken, doch Jess lässt sie nicht eine Sekunde aus den Augen. Abends wenn die Kinder im Bett sind, gehe ich in den hoteleigenen Fitnessraum, um wieder 100%-tig fit zu werden. Die Narbe verblasst immer mehr, doch man wird sie, so wie Leons, mein Leben lang sehen. Vom Gardasee aus fahren wir nach Nürnberg um an der Hochzeit von Betty und Ben und der Taufe von Marie-Luise teilzunehmen. Jessica hat sich in Italien ein dunkelblaues Schwangerschaftscocktailkleid gekauft, da ihr Bauch nun doch zu groß wird. Gegen meinen Willen trägt sie hohe Schuhe, aber die Frau hat ihren eigenen Kopf. Trotzdem habe ich die flachen Pumps greifbar. Sie sieht wie immer phänomenal aus und ist als Patentante voll in ihrem Element. Nach der Trauung und der Taufe ist sie dann doch froh, in die anderen

Schuhe schlüpfen zu können. Mein wissendes Lächeln quittiert sie nur mit einem Schulterzucken. Vroni ist ganz vernarrt in ihre kleine Cousine, sie freut sich diebisch auf ihre Schwester. Am Abend ist Jess fertig, so dass ich die Kinder übernehme, Raphaela nimmt die Zwillinge in ihr Zimmer. Als ich in unseren Raum komme, schläft Jess tief und fest, ich breite die Decke über sie und lege mich neben sie. Sie dreht sich zu mir und schmiegt sich an.

Schulkind

-J-

Die Nervosität bei Leon steigt, an seinem großen Tag ist er früh wach und klopft an unsere Tür. Ich angle nach meinem Shirt und rufe ihn herein. „Ist es schon so weit?", fragt er. Ich lächle: „Schatz, es ist erst fünf Uhr. Du kannst etwas schlafen." Ich hebe die Decke an meiner Seite hoch und er schlüpft zu mir. Er schläft noch einmal ein, dafür bin ich jetzt wach. Zwischen den zwei schlafenden Männern liegend, überlege ich, ob alles vorbereitet ist. Aber mir fällt nichts ein. Um 5:30 Uhr fallen mir die Augen zu, um gegen 6:30 Uhr vom Wecker und einem unruhigen

Sohn geweckt zu werden. „Bin ja schon wach",
murmle ich, „Jetzt kannst du aufstehen." William
schlägt die Augen auf und sieht den Kleinen fragend an: „Was machst du denn hier? Ab ins Bad
und anziehen?" Leon verschwindet und mein
Mann zieht mich kurz an sich. „Alles gut? Du
siehst müde aus." „Bin ich auch. Leon war bereits um 5:30 wach. Aber mir geht es gut."
„Übernimm dich nicht, Liebling. Ich bin den
ganzen Tag da, der Trainer hat den Schulanfän-
gervätern frei gegeben." Raphaela übernimmt die
Kleinen und wir begleiten Leon, der mit einer
riesigen Schultüte ausgestattet, freudig zur Schule hüpft. Vroni verabschiedet sich vor dem
Schultor. Kurz bevor wir das Gebäude betreten,
stürmt jemand auf unseren Sohn zu. „Herzlichen
Glückwunsch mein Schatz". Leon stößt einen
Schrei aus und versteckt sich hinter seinem Vater.

-W-

„Was willst du hier?", stoße ich wütend hervor.
Jess nimmt unseren Sohn an die Hand und zieht
ihn ins Gebäude. Ich starre meine Exfrau an. „Du

hast hier nichts verloren." „Es ist auch mein Sohn." Ich ziehe Steffi von der Menschenmenge weg und lege alle Schärfe in meine Stimme: „Du machst ihm den Tag nicht kaputt. Er hat sich so auf den Tag gefreut. Und wie du gesehen hast, bist du hier nicht willkommen. Ich gehe jetzt da rein, aber ich will dich nicht sehen. Ich kann ihn fragen, ob er dich sehen will, aber definitiv nicht heute." Ich wende mich ab und suche meine Frau in der Aula. Jess winkt mich zu sich. „Ist er o.k.?", frage ich sie leise. Sie nickt: „Ich habe ihm versprochen,dass sie ihm nicht zu nahe kommt." Wir genießen die Einleitung durch, auch das noch, den neuen Rektor Rick und die Begrüßung der Lehrerin. Diese hatte bereits Vroni in der 2. Klasse unterrichtet und wurde von ihr heiß geliebt. Wir verlassen das Klassenzimmer und trinken in der Cafeteria einen Cappuccino. Rick kommt auf uns zu. „Hallo Rick", lächelt meine Frau, „Glückwunsch zur Beförderung." Ich lächle gequält: „Ebenso." „Danke. Ich wusste nicht, dass eure Kinder hier sind. Das ist doch hoffentlich kein Problem für euch?", murmelt er. „Quatsch", entgegne ich schnell, „für uns doch nicht." Jess greift nach meiner Hand, da sie die Stimmungsschwankung bemerkt. Der Tag fordert eine Menge von mir, aber es ist Leons Tag. Meine Exfrau und mein Vorgänger an einem Tag, das ist zu viel. Als Rick sich entfernt, flüstert meine Frau mir zu: „Ganz ruhig, Schatz. Er ist harmlos. Er hat nun, was er immer wollte." Ich lächle sie an. „Aber beide an einem Tag", stöhne ich, „das hätte nicht sein müssen."Wir begeben uns zu den anderen Eltern. Die Tochter meines Kollegen Sam ist mit Leon in einer Klasse, so dass wir uns zusammen unwohl fühlen. Jess ist von jeher etwas offener und kennt innerhalb kurzer Zeit, einige Eltern, im Gegensatz zu mir. Ich bin froh, als mir Leon entgegenläuft. „Wow Papa, das war so cool", grinst er. „Cool? Woher kennst du denn das Wort?", lächle ich zurück. „Von Vroni, aber es war wirklich cool", beharrt er. „Das freut mich Schatz, Lust, deine Schultüte zu leeren?", frage ich genau in dem Moment, in dem meine Tochter auf uns zu läuft. „Und? Hat es Spaß gemacht, Bruderherz?" Der Kleine strahlt sie an und wir verlassen das Schulgelände. Zuhause wartet Raphaela, mit dem Rest und dem fertigen Grill auf uns. Jess holt die Salate, während Leon seine Schultüte auf dem

Terrassentisch schüttet. Meine Frau hat sogar an Spielzeug für Lucy gedacht, die immer an Leon klebt. Die Bande tobt durch den Garten und Raphaela erzählt mir, dass Stefanie ein Päckchen abgegeben hat. „Soll ich es ihm geben?", fragt sie und ich schüttle den Kopf. Woher kommen auf einmal die Muttergefühle? Sie drückt mir das Paket in die Hand und ich lege es in Jess Arbeitszimmer. Meine Frau merkt sofort, dass etwas nicht stimmt, doch ich schüttle den Kopf „Später" beim Essen ist die Stimmung gelöst. „Mama, ich habe in Kunst eine Frau Weiß, die Frau unseres Rektors. Kennst du die?", fragt Vroni plötzlich. „Chris? Sie war mal meine Freundin. Die ist aber nett", lächelt Jess. „Bestimmt nicht so nett, wie du", die Tochter grinst ihre Mutter an, die sie liebevoll in die Arme nimmt. Ich lächle meine Familie an. Am Abend, als die Kinder im Bett sind, weihe ich Jess ein. Wir sitzen in ihrem Zimmer und ich drehe das Geschenk in den Händen. „Was soll ich jetzt tun?", frage ich verzweifelt.

Unschlagbar

-J-

„Du hast gesehen, wie er heute reagiert hat", grüble ich, „ich glaube nicht, dass er sich darüber freuen wird." Er nickt und öffnet das Paket. Heraus kommen ein Buch und eine Karte. „Alles Gute zum Schulanfang, deine Mutti", liest er vor. „Was will diese Frau? Und warum jetzt?" „Keine Ahnung. Was hat sie denn gesagt?" „Dass es auch ihr Sohn ist", antwortet er leise, „ich will die beiden nicht verlieren." „Das werden wir nicht. Soll ich mit ihr reden? Von Mutter zu Mutter?", das ist das Letzte, was ich will. „NEIN! Ich mach das schon. Aber erst morgen", lächelt er endlich und zieht mich an sich. Wir verlagern den Standpunkt ins Schlafzimmer und wieder einmal drückt er seine Verzweiflung in der Intensität des Sexes aus. Am nächsten Morgen bringe ich unsere Schulkinder in die Schule und Alex in den Kindergarten, während William ins Training fährt. Beim Mittagessen frage ich meine Großen: „Leon, du hast ja gestern Steffi gesehen. Sie will sich mit euch treffen." Beide Kinder starren mich furchtsam an. „Aber nur, wenn ihr das wollt", schiebe ich schnell nach. Ich habe bereits mit meinem Vater telefoniert, der mich beruhigt hat. Ohne Williams Einwilligung und gegen den Wunsch der Kinder hat sie keine Chance. Aber sie kann die Zwei verunsichern. Vroni sieht mich an: „Willst du das? Oder Papa?" „NEIN!", rufe ich aus und lege die Arme um die beiden. „Also?" Leon schüttelt sofort den Kopf und auch Vroni lehnt es ab. „Gut, dann sagen wir es Papa, wenn er kommt", lächle ich. Bei den Hausaufgaben merkt man, dass Vroni nicht bei der Sache ist. „Alles o.k., Maus?" „Nö. Was ist, wenn sie wieder an der Schule auftaucht? Oder hierher kommt?" „Das wird sie nicht. Aber entweder Papa, Raphaela oder ich werden euch in nächster Zeit zur Schule bringen und abholen. Papa wird mit ihr reden, so schnell wie möglich", versuche ich sie zu beruhigen. Sie wirft sich in meine Arme: „Ich hab dich lieb Mama." „Ich dich auch, Maus. Euch alle sechs,", lächle ich. Kurz darauf kommt William nach Hause. „Wir gehen nicht zu der", empfängt ihn Leon und der Vater fährt ihm liebevoll durch die Haare: „Das müsst ihr auch nicht." Er zieht sich ins Wohnzimmer zurück und greift zum Handy. Nervös sehe ich ihn hin und her tigern, darum schicke ich die Kinder mit Raphaela zum Spielen.

-W-

Jetzt wird es ernst, Will. Ich wähle ihre Nummer und betrachte unsere Bande beim Toben im Garten. „Hallo- wir haben mit den Kindern gesprochen- nein, sie wollen dich nicht sehen- du weißt, du hast keine Chance- das Buch schicke ich dir zurück- da sieht man, dass du ihn nicht kennst- halte dich bitte von den Kindern und meiner Familie fern- vielleicht, wenn sie älter sind- du weißt, das hast du allein zu verantworten- du hast vor über zwei Jahren auf sie verzichtet- lass Jessica aus dem Spiel, sie liebt die Kinder, wie ihre eigenen- wenn ich dich, oder deinen Typen in der Nähe der Kinder entdecke, dann..." Jess nimmt mir das Handy aus der Hand: „Steffi, lass uns doch vernünftig miteinander reden- du willst doch sicher nur das Beste, für die beiden- bitte, lass sie älter werden, sie können das doch jetzt noch gar nicht entscheiden- ich verspreche dir, wenn sie 12 sind, werde ich- verdammt noch mal, handle einfach einmal als Mutter- gut, ich danke dir." „Was?", meine Frage klingt atemlos. „Alles gut", antwortet sie leise, „aber sie will eine neue Chance in zwei Jahren." „Du bist eine Wucht, Liebling", flüstere ich, „Ich liebe dich." Sie lächelt zurück: „Ich dich auch, aber das haben wir gemeinsam geschafft. Sie hat gemeint, gegen uns beide kommt sie nicht an. Und sie weiß, dass sie keine Chance hat, wenn die Kinder es nicht wollen. Sie wollte den beiden ihre Geschwister vorstellen. Wusstest du, dass sie zwei Mädchen hat?" Ich schüttle den Kopf: „Interessiert mich auch nicht." „Lass es uns den Kindern sagen, dann schlafen sie besser. Ich werde sie aber trotzdem zur Schule bringen und abholen- vorsichtshalber", meint sie. Ich spreche mit den Großen und sie bringt die Zwillinge ins Bett. Ich gönne mir eine Zigarette, solange sie nicht da ist. Verdammtes Laster. Als sie auf die Terrasse tritt, lösche ich die diese sofort, lege den Arm um ihre Taille und küsse sie kurz. Sie verzieht unbewusst das Gesicht. „Sorry, aber ich brauchte es", murmle ich. „Alles gut, ich bin nur etwas emp- findlich. Noch knapp drei Monate", kichert sie, „morgen ist der nächste Ultraschall."Ich sehe sie an, sie fühlt sich wohl und wird von Tag zu Tag atemberaubender. Ich freue mich schon jetzt auf wilden, animalischen Sex nach der Geburt. Mein Grinsen verrät mich offensichtlich, denn ihre Hand wandert in Richtung meines Hosenbundes. „Hey Liebling, was wird das denn, erst wieder nach...", setze ich an. „Zu spät. Feuer entfachen ohne zu löschen ist unfair", säuselt sie. „Liebling, es ist..." „In Ordnung" Sie lächelt und zerrt mich zum Schlafzimmer. Dort zieht sie mir das Shirt über den Kopf, stellt sich hinter mich und küsst die Narbe. Ich erschaudere und merke, wie mein Körper reagiert. Ich schlüpfe aus der Trainingshose und setze mich aufs Bett. Mein Verlangen ist deutlich zu sehen und sie entkleidet sich langsam. Als sie nur noch in Dessous bekleidet ist, kommt sie näher. Ich küsse ihren Bauch, um das Einverständnis meiner Tochter zu bekommen, und fahre mit den Fingern unter ihren BH. Ihre Brüste reagieren wie immer sofort, und ich nehme eine Brustwarze zwischen die Zähne, ohne ihr den BH auszuziehen. Das dünne, schwarze Material fühlt sich kühl an. Ich beiße sanft zu und sie stöhnt auf, also verfahre ich mit der anderen Brust genauso. Meine Finger finden den Weg unter ihren Bund. Zärtlich begebe ich mich auf Wanderschaft, während ich mit dem Mund ihre Brüste liebkose. Sie windet sich und ich ziehe sie aufs Bett. Schnell befreie ich sie von ihrem Höschen und dringe in sie ein. Sie schreit auf, als sie die Erfüllung findet, doch ich halte mich zurück. Langsam bewege ich mich in ihr und merke, wie sie erneut einem Höhepunkt entgegenstrebt. Also gebe ich meine Zurückhaltung auf und sauge an ihrer Brust. Sie kommt erneut und ich ergieße mich in ihr. Sie strahlt, kuschelt sich an mich und schläft ein.

Alles in Ordnung?

-J-

Ich bringe die Kids in Schule und Kindergarten und begebe mich dann zum Arzt. Er lächelt mich an. „Ihre Tochter ist topfit. Nun haben sie es fast geschafft. Wir erhöhen zur Vorsicht die Folsäuregaben - eine reine Vorsichtsmaßnahme. Sie ist etwas klein, aber sie hat ja noch Zeit", setzt er mich ins Bild. „Zu klein?", frage ich nach. „Nicht besorgniserregend. Aber sie kann durchaus noch etwas zulegen", beruhigt er, „Wie geht es ihnen sonst? Müdigkeit?" Ich lächle: „Naja, der Schlaf ist etwas gering. Aber bei einer siebenköpfigen Familie kein Wunder."Ich hole die Zwerge ab und beim Mittagessen, erzählen die Kinder von ihrem Tag. Meine Angst, Alex würde ohne seinen Bruder im Kindergarten Probleme bekommen, hat sich- Gott sei Dank- nicht bewahrheitet. Er hat Freunde gefunden und fühlt sich in der Vorschule sehr wohl. Wow, wie groß sie alle geworden sind. Nächstes Schuljahr besuchen die Großen die Schule und die Zwillinge den Kindergarten. Dann wird es noch lebhafter. Ich sitze auf der Terrasse und genieße den lauen September, während die beiden neben mir Hausaufgaben machen. Lucy liegt wie immer auf Leons Schoß und schläft. Das war eine gute Idee von mir. Die gesamte Familie ist ruhiger, denn wenn es zu laut wird, verkrümelt sich das Kätzchen. Die nächsten zwei Monate vergehen wie im Flug. Vronis zehnter und Alexs sechster Geburtstag, sowie spannende Spieltage in der Champions League sind die Highlights der Tage. Die Zwillinge sind ebenso aktiv wie der jüngste Karl Spross. Gewachsen ist sie nicht mehr viel, was den Arzt jetzt doch zum Grübeln bringt. Aber die anderen Werte sind in Ordnung. Sie zwingt mich im letzten Monat zur Enthaltsamkeit. Wenn William merkt, dass es eng wird, weicht er ins Gästezimmer aus. Doch das passiert- Gott sei Dank-selten, denn unser Bett ist breit genug. Heute brauche ich den Körperkontakt zu meinem Mann, da sich das Grübeln des

Arztes festgesetzt hat. William, sicher genauso verunsichert, schließt mich fest in seine Arme und ich lasse die Tränen laufen. „Es wird alles gut, Liebling. Sie ist nur etwas klein", flüstert er, „aber sie ist stark, sie ist deine Tochter." Ich schniefe und wische mir die Tränen aus dem Gesicht. „Ich weiß, aber es wäre zu schön gewesen, wenn alles gut geht." „Ich weiß Liebling, aber wir werden es sehen. In vier Wochen wissen wir mehr."

-W-

Mein Oberkörper ist nass von ihren Tränen. Ich wiege sie sanft in den Armen und bemerke, wie sie einschläft. Ich hänge den eigenen Gedanken nach. Haben wir irgendetwas falsch gemacht? Ich muss morgen Max fragen. Ihre Mutter kommt für die letzten Wochen, so kann ich getrost ins Training fahren. Doch Jess hat sich am Morgen wieder beruhigt. Ich unterhalte mich nach dem Training mit Max, der mich beruhigen kann. Also warten wir es einfach ab. Ich bin auf Standby, immer abrufbar. Und nach zwei Wochen trifft es mich mitten unter dem Heimspiel. In der dreißigsten Spielminute sehe ich auf dem Auswechseltableau meine Nummer aufleuchten. Ich renne nahezu vom Feld und unser Physio bringt mich in die Klinik. Maria und Rolf warten vor dem Kreißsaal und der Schwiegervater reicht mir einen sterilen Mantel. Meine Frau erwartet mich schon sehnsüchtig, ich ergreife ihre Hand und küsse sie kurz. Eine neue Wehe kündigt sich an und Jess schreit auf. Der Druck ihrer Finger verstärkt sich und ich bin wieder einmal überrascht, wie viel Kraft in der zierlichen Frau steckt. Unsere Tochter scheint es eilig zu haben, denn knapp zwei Stunden später kommt sie, begleitet von einem markerschütternden Schrei meiner Frau zur Welt. 3000g schwer und 38 cm groß. Zu leicht und zu klein, aber gesund. Ich küsse Jess zärtlich, bevor ich zu meiner Tochter trete, die die ersten Untersuchungen schreiend über sich ergehen lässt. Ich nehme sie auf den Arm und bringe sie Jess, die sie liebevoll in die Arme schließt. Viktoria verstummt sofort und Jess strahlt mit den stolzen Großeltern um die Wette. „Sorry, Schatz", flüstert meine Frau erschöpft, „ich habe dich um dein Spiel gebracht."

Ich lache rau auf: „Dafür verzichte ich gern auf Fußball. Nur umziehen war nicht mehr." Ich ziehe den Kittel zur Seite und darunter kommt mein dreckiges Sportzeug zum Vorschein. „Wenn es für dich o.k. ist, fahre ich schnell nach Hause zum Duschen und hole die Kinder. Ich bin stolz auf dich- Liebling.-- Mist, mein Auto steht ja noch an der Arena. Kannst du mich fahren Rolf?" Der Schwiegervater nickt und ich informiere Raphaela, die die Zwerge fertigmacht. Also schnell unter die Dusche, die Kinder eingepackt und zurück in die Klinik. Die Zwerge können es kaum erwarten, ihre neue Schwester zu sehen. Das Personal staunt nicht schlecht, als der komplette Karl- Tross ins Zimmer stürzt. Jess lächelt, als ich die Zwillinge zu ihr aufs Bett setze und Florian sich an sie schmiegt. Vroni streichelt Viktoria vorsichtig über den dunklen Haarschopf. Zwei Tage später kann ich meine beiden Frauen nach Hause holen. Schön langsam wird es eng. Ich versuche das leere Grundstück, hinter unserem Haus zu kaufen, um darauf ein großes, familientaugliches Haus zu bauen. Dann können Florian und Sophie in eigene Zimmer ziehen und

Viktoria bekommt ihr Reich, ohne das Jess ihr Arbeitszimmer aufgeben muss.

Das neue Haus

-J-

William hat das Grundstück bekommen und beginnt mit dem Architekten die Planung. Es werden alle Wünsche berücksichtigt, von der Kochinsel, bis zum Fitnessraum für den Vater. Kurz vor Weihnachten ist der Plan fertig und wir hoffen, das nächste Weihnachtsfest im neuen Haus feiern zu können. Unsere kleine Tochter ist ein wahrer Sonnenschein, die Zwillinge haben einen riesigen Entwicklungsschub hinter sich. Die Bande hält mich ziemlich auf Trab. Raphaela und ich schmücken das Haus weihnachtlich, meine Eltern spielen mit den Kindern und Viktoria schläft neben uns in der Wiege. William hat seinen Vertrag um zwei weitere Jahre verlängert und wir starten voller Vorfreude in das neue Jahr.

Danksagung:

Ich danke allen, die mir dabei helfen, meine Ideen zu verwirklichen, vor allem meinem größten Kritiker, meinem Mann. Die Geschichte und die darin erhaltenen Personen sind rein fiktiv. Ähnlichkeiten mit realen Personen sind zufällig und nicht beabsichtigt.

9 783752 690842